二見文庫

部下の新妻

深草潤一

目次

部下の新妻

第一章　夜の相談事

1

　帰宅すると、おいしそうな匂《にお》いが玄関まで漂っていた。俊雄《としお》は急に空腹を覚え、そそくさと靴を脱いで上がる。キッチンでは香奈美《かなみ》がせっせと洗い物をしていた。俊雄が顔を出すと手を止めてにっこり微笑《ほほえ》んだ。

「おじゃましてます」

「旨《うま》そうな匂いがしてるね」

「チキンをトマトソースで煮込みました。紀子《のりこ》さんには、たったいま食べてもらったところです。これ洗ったらすぐ用意しますから」

「悪いね。来てもらって大助かりだよ」

「料理の腕試しになるから、ちょうどいいです」

そう言って香奈美はまた洗い物を続ける。家のキッチンに若い女が立っている光景は新鮮だ。ミニスカートに素足が眩《まぶ》しくて仕方ない。

志野原《しのはら》俊雄は五十八歳、医薬品の卸会社で営業部門の部長職に就いているが、そろそろ定年を意識する年齢になって上昇志向は衰えた。それでかえって精神的にリラックスできて、もう少し先のことになるが、悠々自適の老後生活がいまから愉《たの》しみだ。

香奈美は彼の部下である立石祐介《たていしゆうすけ》と結婚して四カ月。やや落ち着きが出てきたようだが、いまだ初々しい新婚妻だ。

彼女が料理を作りに来てくれたのは、妻の紀子が数日前にギックリ腰をやって、寝たきりで安静にしているからだった。

食事は弁当を買って帰るか出前を頼むかしかなくなり、それを聞きつけた立石が、香奈美を家政婦代わりに行かせると言ってくれた。ちょうど今日明日と二泊の出張になるから、好きに使ってくれてかまわないということだった。

立石にとって俊雄は上司というだけでなく、仲人《なこうど》でもある。だからそんなふうに気を使うのだ。

そもそも二人が知り合ったのは、俊雄夫妻のお膳立てによるものだ。俊雄は実直で仕事熱心な彼を買っていたが、三十を過ぎても結婚しそうにないのが気になっていた。女性との交際は長く途絶えているらしく、かといって真剣に相手を見つけたいふうでもない。

何の折りだったか、そのことを妻の前で口にすると、「香奈美ちゃんと会わせてみたらどうかしら」と提案された。

妻の紀子は婦人服や雑貨、アクセサリーを扱うリサイクルショップをやっていて、香奈美はそこで働いていた。

小さな店で店員は彼女だけだから娘のように可愛がっていたし、いまどき珍しいくらい慎み深い子だとよく誉《ほ》めてもいた。

俊雄自身は彼女の性格や人柄まではよく知らなかったが、とても真面目な子らしいので、それなら立石とお似合いだろうと二人を引き合わせてみた。

するとお互いに好感を持ったようで、順調に交際へ発展して、すんなりゴールインとなったのだ。

二十八歳の香奈美は、白いシャツに持参したピンクのエプロンが実によく似合って、いかにもといった新妻風情だ。

淡いクリームイエローのスカートは、ヒップがくりんと突き出して、少し前屈みになったときに下着の線がうっすら浮いて見えた。立石も紀子もこの場にいないから、そういうところにすぐ目が行ってしまう。

——立石のやつ、こんな姿を毎日目にしてるんだな。

当たり前のことが頭をよぎり、何となく妬《ねた》ましく思えた。

五十も半ばを過ぎた頃から老いを意識させられてはいるが、若い女性の体を眺めるのは相変わらず愉しい。それが性欲に直結することはなくても、見ているだけで気分が若返るようだ。

俊雄は香奈美の体つきをスマートだと思っていたが、夏になって薄着の彼女を見て印象が変わった。意外に肉がついているのだ。

上半身はまだしも、スカートに包まれたヒップや太腿《ふともも》はむちっと張った感じがして、初々しい中にも艶《つや》めいた色香が感じられる。ちょっと見ないうちに熟していくスピードが速まっているかのようだ。

仲人をした部下の妻を女として見ている、そんな自分を誡《いさ》める気持ちがないではない。だが、見るだけなら何の罪もないので、隙《すき》があれば遠慮なく香奈美の体に視線を這《は》い回らせる。

「わたしもお腹が空いたので、一緒に食べていいですか」

香奈美は洗い物を終え、手を拭《ふ》いた。

「もちろんさ。今日は香奈美さんと夕食だって、愉しみに帰ってきたんだ。あいつと食べるのも飽きたからね」

「そんなこと言って、聞こえちゃいますよ」

香奈美が声を落として寝室のドアに目をやるが、この程度なら聞こえない。

一回り離れた紀子とは、再婚してかれこれ十年になる。先妻が引き取った息子はもう社会人だが、紀子とは彼女が要らないと言うので子供を作らなかった。

二度目の新婚気分に浮かれていた当初は、夫婦水入らずの食卓も新鮮だったが、ここ数年はまったりしきっている。飽きたというのは半ば本音だ。

「これからもあいつの店が忙しいときは、こうやって香奈美さんに作りに来てもらおうか。ときどき新婦の手料理を食べさせてもらうのも、仲人の役得っていうことでさ。立石もわたしから言えば断れないだろ」

「それは……」

本気に取ったのか、香奈美は返答に窮している。困って眉根《まゆね》を寄せる表情はなかなかそそるものがあった。

「冗談、冗談。ちょっと着替えるから、支度の方をよろしくね」

そう言いながら寝室に入ると、横になった紀子が呆《あき》れた顔で睨《にら》みつけた。

「腰の具合はどうだい」

「どうだいじゃないわよ。仲人のくせに、新婚のお嫁さんをからかってどうするんですか」

「あの子は本当に真面目だから、つい冗談言って意地悪してみたくなるんだ」

「やめてください、素直ないい子なんだから」

俊雄は服を脱いでタンスから着替えを出す。紀子は着替えるのを黙って見ていたが、終わるのを待って俊雄に言った。

「あとで小山内《おさない》さんが来るから、ここに通してほしいの」

小山内というのは、辞めた香奈美に代わって店を手伝ってもらっている女性だ。俊雄は何度か顔を合わせただけで、あまり話をしたことはない。

「預かり品をまとめて持ってきてくれるのよ。買い取り価格を決めて、お客さんに連絡しなくちゃいけないから。それと香奈美ちゃんもそのとき一緒にお願い」

紀子がしばらく店を休むので、臨時で香奈美にも手伝ってもらうことになったが、いい機会だから二人の顔合わせをしておきたいということだ。

了解してダイニングに戻ると、食事の用意はすっかり調《ととの》っていた。メインのトマト煮はモロヘイヤをたっぷり加えた夏のスタミナ食だという。他に茄子《なす》のマリネや彩りも鮮やかな野菜サラダなどが並び、いつものダイニングテーブルが見違えるようになった。

「香奈美さん、こんな立派な料理を作るのか。驚いたなあ」

「いまお料理教室に通って勉強してるところなんです」

まだまだ習いたてだと謙遜《けんそん》するところが控えめな彼女らしいが、なかなか堂に入っている。早速箸《はし》をつけてみると、見た目を裏切らない美味《おい》しさに思わず頰《ほお》が緩んだ。

他にも日持ちするものをいくつか作っておいたから、あと三、四日は食事に不自由しないだろうという、その気遣いにも感心させられた。

「結婚したばかりとは思えない、優秀な奥様じゃないか。立石がホント羨《うらや》ましい。あいつは幸せ者だよ」

香奈美は照れたように俯《うつむ》くと、そのまま黙ってしまった。何となく浮かない顔つきなのが引っかかった。まさか立石とうまく行ってないのでは——気になるの

でそれとなく聞き出せないかと思っていると、

「食べ終わったら、ちょっと聞いてほしいことがあるんです。祐介さんのことなんですけど……」

「どうした。なにか心配事でもあるのかい」

「食べながらだとあれなんで、終わってから」

そう言われるといっそう気になるが、とりあえず食事を続けるしかない。料理教室の話やリサイクルショップをまた手伝うことなど、立石に関わらない話題ばかりを選ぶのは、取ってつけたような違和感があった。

それでも香奈美が無理に明るく振る舞っているふうには見えないので、俊雄も深刻なものを感じるほどではなかった。とにかく話を聞いてみないことには始まらない。

ところが、そろそろ食べ終わるという頃になって、見計らったようにインターフォンが鳴った。訪ねてきたのは小山内由貴《ゆき》だった。言われた通り紀子のところに通し、香奈美もそちらに行ってもらった。

一人残された俊雄は、食器を片づけて妻の用件がすむのを待った。

それから三十分ほどして香奈美と由貴は出てきた。香奈美はもう明日から手伝うことになったようで、その打ち合わせがてら由貴と一緒に帰るという。

「さっきの話はどうする？」

帰り支度を始めた香奈美にこっそり尋ねると、彼女もそれを気にしてそわそわ落ち着かない。

「明日、お店が終わってからでもいいですか。お仕事、遅くなります？」

「いや、大丈夫だけど。気になると眠れないから、とりあえずどんな話かだけでも教えてくれないか」

香奈美は少し迷っていたが、意を決したように俊雄の耳元で言った。

「あの人、ちょっと変なんです。もしかして変態なんじゃないかって」

真面目な新妻の口から出た意外な言葉に、俊雄は目を瞠《みは》った。香奈美は眉根を寄せて見つめ返す。揺らいだ瞳《ひとみ》は困ったようでもあり、恥ずかしそうでもあった。

——変態って、どういうことだ。

立石を紹介した責任というものが脳裡《のうり》にちらつくが、詳しいことがわからなくて戸惑っていると、香奈美も言い足りない表情を残したまま帰っていった。

気になるからと教えてもらったのに、それでかえって眠れない夜を過ごす羽目になってしまった。

2

翌日、俊雄は気心の知れた医師会の重鎮に会食の予定を変更してもらい、蕎麦《そば》屋《や》で軽く腹ごしらえをしてから、閉店少し前にリサイクルショップに寄った。自宅で安静にしている妻の食事は、香奈美が作り置きしてくれたおかげで心配要らない。

店に着いて中を覗《のぞ》くと、香奈美が接客しているところだった。従業員だったかつての雰囲気《ふんいき》そのままなので、時間が逆行した妙な感覚に囚《とら》われた。ところが、よく見るとやはり体つきはむちっとして、女の匂いが濃くなっているのだった。

客の邪魔にならないように外で待っていると、やがて最後の客が帰って店じまいになった。香奈美と由貴はてきぱきと片付けを終え、消灯してシャッターを下ろした。

「じゃあ、わたしは仲人さんにちょっと相談があるので」

香奈美が会釈すると、由貴はお疲れ様と声をかけて興味深そうに二人を見た。

こちらが何か悪いことでもしているような、落ち着かない気分にさせるまなざしだった。

だが、彼女と別れると、とたんに昨夜からの胸騒ぎがぶり返した。変態と聞いて頭をよぎったのは、痴漢、盗撮、下着泥棒といった犯罪にからむことばかり。立石のことが心配なのと同時に、もしもの場合は上司としての立場や会社のことも考えねばならない。

「どこか店に入ろうか。酒とお茶、どっちがいいだろう」

香奈美が食事は交替ですませておくと言っていたので、とにかく早く本題に入りたくて気が急《せ》いた。すると彼女は、何の屈託もなさそうに言った。

「うちに来てください。ろくにおもてなしはできませんけど」

「いいのか。じゃあ、寄らせてもらおうかな」

周りに客がいるよりその方が好都合だが、部下の出張中に上がり込んで、当人に関する相談を受けることに多少の後ろめたさはあった。

「まさか、こんなかたちでお宅に招かれようとは思わなかった」

「そうですね。なかなか都合が合わなかったようですね」

新婚旅行から帰った後、ぜひ新居にと誘われたが、予定が巧《うま》く合わなくて延び延びのままうやむやになっていた。

立石宅まではタクシーで十五分、臨時復帰した店の様子を聞いているうちに着いてしまった。大きくはないが、少し目を引きそうな小洒落《こじゃれ》たメゾネットだった。

リビングに通された俊雄は、ソファに腰を下ろし、香奈美がビールを用意してくれるのを落ち着かない気分で待った。真新しい壁紙や艶のあるフロアがいかにも新婚夫婦の住まいらしいが、二人の生活を想像するより、立石が何をやらかしているのかが気になる。

せっかくビールを出してくれたので、香奈美の酌を受けて彼女にもお返しした。

「こんなときに乾杯っていうのもなんだけど……」

とりあえず今日はお疲れ様、ということでグラスを合わせる。蕎麦屋で我慢したせいか、冷えたビールが喉《のど》に染みた。小ジョッキより一回り小さいグラスだから、一気に空けてしまった。

香奈美はあまり酒が強くなかったはずで、二、三口でやめるかと思ったが、細い喉を何度もひくつかせ、ゆっくりグラスを傾けている。

「香奈美さん、いける口だったっけ」

彼女はグラスに口をつけたまま首を横に振るが、そのまま最後まで飲み干して、ふうっと大きく息を吐いた。

「ちょっと飲みたい気分なので」

それが今夜の本題と結びついているのは間違いなさそうだ。

「飲まずにはいられないってこと？　立石のやつ、そんなに変なことをやってるのか」

「まだやってはいないんですけど」

「まだって……どういうこと」

香奈美はもう一度深呼吸すると、ほんのり頬を染めた。

「実は、あのときに目隠ししてみないかとか、縛ってみようとか、変なことばかり言うんです。それって変態ですよね」

「あのときって、夫婦のアレ？」

黙って頷《うなず》く彼女の頬が、いっそう紅《あか》くなった。

想像していたことが的外れだったとわかり、全身から力が抜けた。犯罪に関わるどころか、新婚夫婦の閨《ねや》の話ではないか。それくらいで大騒ぎすることもないと、わざわざ諭すのさえバカバカしい。

だが、香奈美はあくまでも真剣な顔つきだ。妻が嗜めるように、いまどき珍しいほど慎みのある真面目な女だから、年齢の割に経験はかなり浅いのかもしれない。無理にビールを飲み干したのも、話を切り出すきっかけだったのだろう。そんな彼女を適当にあしらうのは忍びなかった。

「まあ、実際にそういうことをしていて、しかも度が過ぎるなら変態と言われても仕方がない。でも、あいつの場合は違うだろう。興味があるからやってみたいとか、その程度のことじゃないのか」

立石を擁護するわけではないが、彼がその手のマニアだとは考えにくかった。おそらく前からそういう行為に興味を持っていて、結婚したのだから願いをかなえてもらえると思い込んでいるのだろう。

そもそも俊雄が世話を焼いたのは、三十路《みそじ》を過ぎても女っ気が感じられない彼を心配してのこと。そういう意味では、香奈美とお似合いのカップルだが、女性には晩生《おくて》と同僚たちにも囁《ささや》かれていたくらいだから、立石とSMを結びつけるのは難しい。彼が香奈美を責めている図を思い浮かべると、失礼ながら少々滑稽《こっけい》でさえあった。

「でも、しつこいんです。嫌だって断ってるのに、刺激になるからいいだろうとか、他人に言わないだけでみんなやってることだとか言って」

俊雄はSMプレイというものを一度だけ経験したことがあるが、自分にはその手の趣味はないと思っている。それでもマニアの心理はわからなくもない。

彼がSMを体験したのは息子が生まれて間もない頃で、取引先の医薬品メーカーの担当者に誘われた。向こうは接待のつもりで、新薬の販促の一環だったが、俊雄も少なからず興味はあった。

行く前はその手の愛好家が集う秘密クラブ的なところを想像していたが、実際はSM趣向の風俗店で、M嬢を相手に枷《かせ》で拘束し、スパンキングや鞭打《むちう》ちといった責めをして、最後はフェラチオで抜かせてもらった。

未経験の彼をM嬢が巧《たく》みにリードしてくれたプレイは、とても〝責め〟とは言えないものだったし、女性を打擲《ちょうちゃく》する感覚も、初めて経験してみてあまり後味はよくなかった。

ところが、最後のフェラチオだけは昂奮《こうふん》した。M嬢の舌使いが巧かったこともあるが、女を拘束したままというのが影響している。打ち据えたり痛い目に遭わせるのは性に合わないが、自由を奪われた女性の姿は心に響くものがあった。

「みんなは言い過ぎとしても、やったことがある人はけっこういるだろう。マニアではない普通のカップルや夫婦でも、ちょっと刺激的なプレイをしてみたいってことでさ」

「そんなことが本当に刺激になるんでしょうか」

俊雄が理解を示すと、香奈美は釈然としない様子で首を傾《かし》げた。ウブなだけなのか世間知らずなのか、俊雄の方が首を捻《ひね》りたくなる。

「まあ、人によりけりだろうけど。とにかく、香奈美さんは真面目だから大事《おおごと》に考えてしまうようだけど、大したことじゃないよ。試しにいっぺんくらいやってみたらいいじゃないか」

仲人の自分がまさか、こんなことを勧めるとは思いもしなかった。

まあ、それで二人が円満であれば何も言うことはないのだが、拘束された香奈美を想像してみると、こちらは立石と違ってけっこう絵になりそうで、気持ちをそそられるところがあった。

「でも、ちょっと怖い気がして……」

香奈美は伏し目がちに小声で言った。三十も近いのにまったく世話が焼けるものだと苦笑しつつ、俊雄は思いきった提案をしてみた。

「大袈裟《おおげさ》だなあ。なんなら予行演習のつもりで、ちょっとやってみるかい」

「えっ……」

びくっと肩を震わせて瞠目《どうもく》するので、俊雄の方が驚いてしまった。

「いやいや、誤解しないでくれ。目隠しとか手首を縛ったりとか、そういうことだけ前もって体験してみたらどうかってことだ。服を着たままでできることだよ」

「体験してどうするんですか」

問いかける声がうわずっている。

「どうもしない。それだけだ。怖い気がするって言ってたけど、そんなことはやってみればすぐわかるだろう。もちろんそれでどうこうしようとか、不埒《ふらち》なことを考えてるわけじゃない」

「そうなんですか」

「当たり前だろ。とにかくちょっとやってみて、怖いから嫌だとかやっぱり変態のすることだと思うならそれでもいいけど、もし許容できそうなら、立石の求めに応《こた》えてやれるじゃないか。そう思わないか」

「それはそうかもしれないけど……」

香奈美の瞳が揺らいでいる。返答に迷って、わずかに眉根を寄せた。

俊雄は言った通り、不埒なことをするつもりはない。だが、さきほどからそういう場面を思い浮かべてはいる。

拘束したまま犯したら、どんな表情を見せるか。よがり声を上げるだろうか。そんなことを考えて胸がざわつくのを密《ひそ》かに愉しんでいる。

仲人のくせになんて不謹慎なことを、と諫める自分もいるが、想像するだけなら誰に咎《とが》められることもない。

「案ずるより産むが易《やす》しって言ってね」

俊雄はおもむろに立ち上がると、勝手に洗面所へタオルを取りに行った。洗濯したものがストックされていたので、ピンクのフェイスタオルを一本手にして戻った。

リビングでは香奈美が、放心したみたいにぼんやり座っていた。ビールのせいか目がとろんとして、頬は相変わらず紅く染まっている。瞳は心持ち潤んでいるようだった。

3

「一応、緩まないようにするから、痛かったらそう言って」

香奈美を浅めに座らせたままタオルで目を覆うと、「はい」と素直な返事が返ってきた。後ろできちんと結んで緩まないようにしておく。

「これくらいでも平気？」

「ええ。大丈夫です」

さきほど逡巡《しゅんじゅん》したのが嘘《うそ》のように従順だ。隙間なくしっかり結んだのに痛がることもない。

「これでなにも見えなくなっただろう。どんな感じかな」

「思っていたほどじゃないけど、やっぱりちょっと不安です。でも、志野原さんがそばにいるから、怖いという感じはしません」

落ち着いてしゃべってはいるが、声がほんの少しうわずっている。本当はけっこう不安を感じているのかもしれない。

「大したことないだろう。子供の頃、目隠し鬼とかやらなかった？　あれと似たようなもんだ」

「やったかもしれないけど、憶《おぼ》えてなくて」

「ほら、鬼さんこちら、手の鳴る方へ。鬼さんこちら、手の鳴る方へ」

「ああ、それ……」

手を叩《たた》きながらソファの前を移動すると、鬼を捕まえる仕種で香奈美が両手を差し出した。

「思い出したかい。小さい頃やったろう」

俊雄は思わずその手を取った。一瞬、びくっとされたが、振り払われることはなかったので、幼子をあやすように手を振らせながら、「鬼さんこちら」を繰り返した。

柔らかな手のひらだった。細い指にはしなやかな張りがあって、

——ああ、若い女の手だ。

当たり前のことに心が躍る。二十代の女性の手を握るなんて、クラブのホステスを除けば何年ぶりになるのか思い出せもしない。

「この場合、わたしが鬼ですよね。最初から捕まってたら、意味ないじゃないですか」

手を握られても嫌がることなくされるままなので、俊雄はおどけた調子でしばらく続けてみる。

「鬼さんこちら。鬼さんこちら。ほうら、鬼さんこちら」

両手を上下に振らせながら、ソファの前を右に左にゆっくり移動する。腕の揺

れが白いノースリーブのシャツに伝わり、ゆったりした丸い衿《えり》が撓《たわ》むと、俊雄の目は胸元に吸い寄せられた。

鎖骨の下まで露《あら》わになって乳房の谷間が覗けるのに、ブラジャーの端はまだ見えない。突き出したシャツに目を凝らすと、かなり浅いカップがうっすら透けていた。

「じゃあ、本気で鬼ごっこしてみようか」

俊雄は手を放して、ソファの周りをぐるりと回る。後ろに回ってウエストのくびれやヒップの張りを眺め、ノースリーブの隙間から涼しげな淡いブルーのブラを覗き見た。

香奈美は気配を感じて俊雄の動く方に顔を向けてくるが、視界を塞《ふさ》いでいるので、新妻の体はいくらでも見放題だ。

「鬼ごっこって、本当に捕まえるんですか」

戸惑う声は、俊雄が何をするつもりなのか量りかねているのだろう。

「見えなくても捕まえられるなら、やってみたらいい」

いったん立ち止まり、なるべく気配を消してゆっくり動きはじめると、香奈美は身じろぎしないで彼の位置をさぐろうとした。だが、追いきれていないようで、不安を表すようにくちびるの端が歪《ゆが》んだ。

こっそりソファの背に回り込み、息を殺して背後から接近する。うなじの近くまで迫ると、汗とコロンが混じり合った甘酸っぱい匂いが鼻を衝《つ》き、頭のてっぺんまで痺《しび》れそうになった。

気づいた香奈美が振り返ろうとした瞬間、俊雄は左右の二の腕を摑《つか》んでいた。

「あっ……！」

「視界を塞がれると、やっぱり怖い？」

「いきなり近くにいたんで、びっくりしました。志野原さんがどこを見てるかわからないから、それも不安で……」

だが、不安に怯《おび》える感じは声からは伝わらない。どちらかと言えば、羞《は》じらいの方が強そうだが、俊雄の視線に気づいていたということはなさそうだ。

「どこを見てたと思う？」

「それは……」

「わからないといろいろ想像するだろう。そういうのが刺激になっていいんだ」

「そんなこと言われても、よくわかりません。刺激っていうより、やっぱり不安なだけで……」

声がうわずって、かすれ気味になった。あえぎがちな息を整えようとしているが、それでも目隠しをやめたいとは言わなかった。

「これでさらに手足の自由が利かなくなったらどうだろう」

「それは、ちょっと怖いかもしれない」

「でも、試しにやってみてもいいんじゃないか」

香奈美は押し黙り、くちびるをわずかに開いて息をあえがせる。

「手も足も両方じゃなくて、手首だけだったらどう？　それならあまり怖くないかもしれない」

「……それだったら」

「じゃあ、やってみよう。痛くないようにするから安心して」

俊雄はネクタイで縛るつもりで外しかけたが、皺《しわ》くちゃになっては妻に不審に思われる。

「なにか手頃な紐《ひも》はないかな。荷造りのビニール紐なんかだと痛いだろうから、もっと幅のあるやつがいい」

「お着物の腰紐はどうでしょう。向こうの部屋のタンスに入ってますけど」

そう言って指差したのは寝室らしい。目隠しを解こうとしないので、俊雄に任せるつもりだ。

それにしても素直に答えたあたり、意外に気持ちが乗ってきたのではないか。目隠しをしてみて不安が解消されたのかもしれない。

「奥の茶色のタンスかな」

「はい。上から二段目に入ってると思います」

素直というか律儀というか、香奈美は目隠しでソファに腰を下ろしたまま待っている。面白いことになってきたと、俊雄は武者震いした。彼女の性意識が変われば立石のためになると思っていたが、その考えはいつの間にか横に追いやられ、拘束することに関心が傾いている。

二段目の引き出しを開けると、帯枕、衿芯《えりしん》、帯締めや帯留めなど、和装用品がいろいろ収めてあり、けっこう着物を持っているらしかった。

腰紐は手前に何本か並んでいる。どれも手首を縛るには充分過ぎる長さがあり、俊雄はいちばん幅広のものを選んだ。

引き出しを戻そうとして、ふと思いついた。香奈美がどんな下着を持っているか、ついでに見てみたい。

いちばん下の段に狙いをつけると、学生時代の懐かしい記憶が甦《よみがえ》った。女友だちのアパートに遊びに行ったとき、その子がトイレに入っているわずかな隙に、素早く引き出しを開けて下着をチェックするのが愉しみでよくやっていた。下着はたいてい下の段にあった。

本人のイメージと違う派手なものやエロティックなショーツを見つけたりすると、それがしばらくオナニーのネタになった。

クラスメートやサークル仲間など、ただの友だちの方が昂奮したが、恋人でも付き合いはじめの頃であればよかった。体の関係ができてしまうと、とたんに下着に対する興味は薄れ、スカートでパンチラしても何も感じなくなるのが不思議だった。

「腰紐だけでも、いろいろあるんだねえ」

聞こえよがしに言って、どれがいいか迷っているふうを装うと、最下段の引き出しを静かに開けた。予想通りショーツやブラ、ストッキングなどがずらりと並んでいた。カラフルだが全般的に色は淡い。

しかし、驚くほど薄いスケスケのショーツや、細い帯を折りたたんだように見えるTバックなど、彼女のイメージからすると過激なものがいくつかあって、むちっとした裸体にそれらを着けている姿が頭に浮かんだ。

手前までいっぱいに引き開けると、奥にキャミソールらしい下着があり、その下に妙なものが見えた。電気器具のコードみたいだ。

気になって下着をよけてみると、

――バイブレーター!!

男根を模した黒い淫具《いんぐ》だった。けっこう太くて長い。少なくとも俊雄の持ち物とは比較にならない。

ちょっと覗いてみるだけの軽い気持ちだったが、思わぬものが出てきて焦った。一緒にコンドームの箱もあった。

――彼女がバイブをねえ……。

いや、SMに興味があるようだから、意外に立石の方がよく使ってたりするのかもしれない。落ち着いて考えてみると、その可能性は高そうに思えた。

だが、立石だとバイブで責めるというより、バイブに頼るイメージがどうしても強くなる。仕事では大いに彼を買っているが、そちら方面では軽《かろ》んじてしまいがちだった。

俊雄はふと我に返った。あまり時間をかけると怪しまれてしまうので、引き出しをそっと元に戻した。

4

「ちょうどよさそうなのがあったよ。これなら縛っても痛くなさそうだ」

リビングに戻ると、香奈美はさっきと同じ姿勢で待っていた。両手が空いているにもかかわらず、目隠しを緩めてもいない。

「どれにしたんですか」

「いちばん幅が広いやつ」

「生成《きな》りのですね。その腰紐、自分で作ったんです。幅があった方が締めていて楽なので」

「なるほど。着物を着るためだけじゃなくて、手を縛ってもいいように作ってあるのか。お誂《あつら》え向きとは、まさにこのことだ」

「そんなこと言ってません」

冗談だと笑いながら、両手を出すように言った。すると香奈美は、上体を捻って腰の後ろで手首を揃《そろ》えた。てっきり前に差し出すものと思っていたのに意外なことをする。

――なかなかわかってるじゃないか。やっぱり興味があるのか？

つい冷やかしたくなるが、せっかくその気になっているので、よけいなことは言わないでおいた。

「手首の周りは少し隙間を空けて、結び目だけ解けないようにきつく締めればいいんだよな」

独り言みたいに呟《つぶや》きながら、紐をかける。８の字に交差させ、手が抜けない程度にして軽く結ぶ。次を蝶結《ちょうむす》びにしてきつく締めると、手首を動かす余裕はあっても、香奈美一人では解けそうにない戒《いまし》めになった。

「はい、おしまい。これで完成だ」

こんなもんだろうと適当にやってみたが、思いのほか様になっている。立ち上がって眺めると、まさに〝囚われた新妻〟といった風情だ。

「志野原さんもこういうの、やってたんですね」

黙ってされるままになっていた香奈美が、急に口を開いた。

「まったくないわけじゃないけど……まあ、せいぜいその程度だよ。わたしにはＳＭの趣味はないから」

「……そ、そうは思えないんですけど」

また声がうわずって、あえぐように息が洩《も》れる。気持ちが昂ぶっているのは明らかで、俊雄も胸が妖《あや》しくざわめいた。

「本当だよ。そんな趣味があったら、試しに縛ってみようなんて言わないさ。それだけじゃすまなくなるだろう」

香奈美はそれには応えず、息遣いだけが響いている。そわそわ落ち着かない様子だが、少なくとも嫌がってるようには見えない。

「どうだい、目隠しで縛られてみた感じは。やっぱり変態的なことをしていると思う？」

「よくわかりません。でも、思っていたほど嫌な感じはしないです」

「それはいいね。見た目もなかなかのもんだ。ソファに座ったままより、床にしゃがんだ方がもっと絵になるかな」

立たせようとして二の腕を掴むと、香奈美の体がびくっと震え、ひきつけを起こしたような短い声が洩れた。

「ごめん。驚いた？」

「えっ、ええ……」

「腕を掴まれただけでそんなにビックリするのか」

反応が思いのほか大きくて、俊雄も驚いた。視覚を遮断されるとこうも敏感になるものかと感心させられる。

二の腕はやや汗ばんでしっとりしていた。引き立ててリビングの床に直接座らせると、香奈美は脚を揃えて横に伸ばす。膝上《ひざうえ》の花柄のフレアスカートがふわりと広がって、本当に花が開いたようになった。思った通り絵になるたたずまいだ。

「やっぱりこの方がいい。誘拐されたご令嬢とでもいうか、まさに囚われの美女だな」

「こういうの、小さい頃にやったことありました」

「なんだ、そうなのか」

まだ小学校に上がる前、従兄《いとこ》たちとお姫様ごっこをして遊んだのを思い出したらしい。縛られて閉じ込められる姫君の役だったという。

「そのときの縛られた感覚、どんなだったか思い出せる?」

香奈美は強く首を振り、俯いてしまった。

「本当は憶えてるんじゃないのか」

肩に手をやって尋ねると、さらに激しく首を振る。肩から背中にかけて、思ったより脂が乗っているのを感じて、俊雄は手を離せなくなった。

なおも肩を揺すって問い詰めると、何度訊《き》かれても答えないといった頑《かたく》なさで、完全に下を向いてしまった。

これは絶対憶えているなと確信した。どう感じたか言うのが恥ずかしいに違いない。目隠しで拘束しても思いのほか拒否反応を示さなかったのは、だんだん気持ちが乗ってきたというより、最初から口で言うほど変態的な行為とは思っていなかったのかもしれない。

「やっぱり憶えているね。恥ずかしくて、言いたくないんだろう」

「そんな、勝手に決めつけないでください」

「子供のごっこ遊びだから、怖いわけはないよな。けっこうゾクゾクして、心地《ここち》よかったんじゃないか」

「そんなことありません！」

強く否定されると、逆に認めているとしか思えない。

「いまだって、満更でもないとか……。もしかして、ドキドキ昂奮してる？　なんだか腰のあたりが落ち着かないみたいだけど」

「そうじゃなくて、床が硬いから座り心地がちょっと……」

腰をもじもじさせるので、まさかアソコが潤んでいるのかと色めき立ったが、フローリングのせいらしい。

それなら畳の部屋へ移ろうと言うと、素直に立ち上がる。あれだけ否定しておきながら、もう終わりにしたいと言わないのは、俊雄が指摘した通り満更ではないのかもしれない。

彼女の肩を抱くようにして寝室へ移動する。目隠しで後ろ手に拘束しているから、女の罪人を引き回す牢役人になった気分だ。

部屋の真ん中で止めると、香奈美は自分からしゃがみ込んだ。

「この家はベッドじゃないんだね」

「部屋が狭くなるから布団にしたいって言ったんです」

「そうか。ここに布団を敷いて寝てるのか」

「そんなに見ないでください」

部屋じゅうを眺め回して含むように言うと、俊雄の方に身を乗り出して訴える。どこを見られているかわからないのも不安だろう。

だが、まさか引き出しの中のバイブを見られたとは思いもしないはずだ。見たことを教えたら、羞恥《しゅうち》が極まって卒倒するかもしれない。

「ただ部屋を見ているだけじゃないか。それとも、なにか見られてマズイものでもあるのかね」

意味深な言葉に香奈美は黙り込んだ。しばらく無言で観察してみると、香奈美は彼が何をしているのか気になる様子で息を詰める。彼女にとっては、沈黙された方が不安は大きいはずだ。

しだいに腰をもじもじさせ、何やら居心地が悪そうな、本当に秘部が湿ってきたかのような仕種を見せた。

「どうかしたの？　なんだかそわそわ落ち着かないけど、畳の部屋でも座り心地がよくないのかな」

香奈美の髪を撫《な》でたとたん、

「あっ！」

声を上げて、弾かれるように身震いした。触れられた髪から電撃が全身に伝わったような鋭い反応だった。

「そんな声を出されたらビックリするじゃないか」

「……ご、ごめんなさい」

こんな情況でも、香奈美は素直に謝った。しかも声まで震わせて。

それが可愛らしくて、もっと苛《いじ》めてみたい誘惑に駆られる。目隠しも拘束も試しにやってみるだけのつもりでいたが、彼女の様子を窺《うかが》っていると、それ以上のことができないものかとつい考えてしまう。

想像だけならたとえ犯したところで誰に咎められるわけでもないが、実際に何かするとなると話は大きく異なる。にわかに緊張の高まりを感じ、胸がドキドキ高鳴った。

「正直に言ってほしいんだけど……」

もう一度香奈美の髪に触れ、こんなことをしていいのかと自問しながら、

「もしかして感じてるんじゃない？」

さり気なく、その手を耳からうなじへ撫で下ろす。

「そ……あっ……」

香奈美はのけ反って白い喉を晒《さら》した。うなじを滑り下りた指をまた戻し、ぷりっとした耳朶《みみたぶ》をいらうと、それはもう明らかに愛撫《あいぶ》だった。

天井を向いた彼女のくちびるが、せつなげにあえぎはじめた。俊雄の口の中もみるみる乾いてきた。

「ああ、そんなことしたら……」

「したら？」

「ダメです……ああっ……」

甘く響いたその言葉は、拒んでいるようには思えなかった。彼女は許している、触ってかまわないのだと、俊雄は都合のいい答えを導き出す。

たとえ香奈美が許しても罪深いことに変わりはないが、やっていいことではないとわかっていながら、この思いもしなかった情況に、自分を止めることができなくなっていた。

5

俊雄は耳朶とうなじを行きつ戻りつしてから、鎖骨を通って二の腕へと撫で下ろした。さり気なくバストの山裾《やますそ》をかすめ、薄いカップの下の肉を感じ取ると、上に戻りながら、今度はもっとはっきりと膨らみを辿《たど》る。

「いやっ……ダメですそんな……」

「香奈美さん、目隠しされて縛られて、本当は感じてるね。正直に言ってごらん、正直に。気持ちいいですって」

「そんないじわるを……あんっ」

しだいに触り方があからさまになり、それでも彼女が拒まないので、とうとうバスト全体を手のひらで包み込んだ。やわやわ揉《も》みあやすと、弾力のある柔らかな肉がブラの下でむにっと撓む。

「あああっ、いっ……」

「ほら、やっぱりじゃないか。気持ちいいんだよね」

「い、……いいです、あああんっ……」

とうとう本音を吐いてしまい、香奈美は箍《たが》が外れたようにのけ反って悶《もだ》えはじめた。顎《あご》をかくかく震わせて、官能の吐息を撒《ま》き散らす。

俊雄は背後に回って、両手で双丘を我がものにした。

すると香奈美は、身を捩《よじ》って鼻にかかった声でよがる。

「すごいな。見た目よりずっとボリュームがあるね。ゴム毬《まり》のように弾んで、なんとも言えない揉み心地だ」

わざわざそんなことを口に出して言ってみる。

「ああ、どうしよう……そんなにされたら、もう……」

「こいつは気持ちいい。たまらん」

官能のスイッチが入ったと見て、俊雄の手つきはさらに大胆になった。とこととん嬲《なぶ》りたい欲求に駆られ、荒々しく揉みしだく。

だが、邪《よこしま》な思いが膨らむほど罪悪感も強まり、緊張はさらに高まった。四十代の頃まで幾度か浮気をしたことがあるが、それとは較べものにならない。浮気のときは発覚しないように常に注意を払っていたが、いまは立石や妻にバレるかどうかより、香奈美への淫《みだ》らな行為そのものに背徳の意識がつきまとう。それがいっそう緊張を強いるのだ。

震えそうな指でシャツのボタンをひとつ外した。香奈美はとたんに引きつった声を上げ、全身を強張《こわば》らせた。昂奮と緊張の相乗は彼女も同じに違いない。

「拘束されてこんなに感じるんだから、変態みたいだなんてもう言えないね」

香奈美は激しく首を振った。

「試しにやってみたこと、後悔してる?」

少し間を置いて、今度は弱々しく首を振る。

俊雄は滲《にじ》み出るような歓びを感じて、背後から強く抱きしめた。甘酸っぱい肌の匂いが鼻腔《びくう》を刺激する。とうとうこんなことをしてしまった、という思いが烈《はげ》しく脳裡を駆け巡った。

さらにボタンを外して手を滑り込ませ、バストを円く揺らして量感を確かめる。

ブラの下で撓む肉の感触がなまなましかった。包むように揉みあやしながら、うなじにくちびるを押し当てる。

「あうっ……」

香奈美は甘い声を洩らして肩を竦《すく》めた。汗ばんだ肌の匂いが濃くなって、舌で触れると思った以上に塩っぽい。舐《な》めながら同時に吐息でくすぐり、震えだした体をしっかり抱きしめる。

バストを揉みながら、乳首の位置を指先でさぐってみる。微《かす》かな感触があって、香奈美がくぐもった声で屈み込んだ。

「これだね」

ブラ越しに擦《こす》ったり弾《はじ》いたりしていると、突起がはっきり触れるようになった。

「ああん、いや……だめ……」

「とても嫌そうには見えないけど。ほら、こんなに尖《とが》ってきた。コリコリ硬くなったじゃないか」

「そんな、いじわる言わないでくだ……ああっ！」

ブラの上から摘んでやると、とたんに香奈美が身をくねらせた。生地の厚みで感覚は鈍いだろうからと、強めに転がしてみる。

悶える香奈美は、酸欠状態に陥ったように口をぱくぱくあえがせた。すっかり上気した横顔には艶めいた色香が漂い、慎ましやかな若妻から熟れざかりの女に変貌《へんぼう》していた。

「感じやすいんだね」

俊雄は耳元に温かな吐息で囁いた。

「そ、そんなこと……ありません」

「こんなに反応がいいのに？」

指先で突起をつんと弾くと、香奈美は悩ましげな声を洩らし、逃れるように身を捩った。耳朶に舌を這わせたり甘咬《あまが》みしたりを繰り返しながら、吐息でねっとり包み込む。双丘は裾野から搾り上げるように揉みしだき、乳首も逃がさずにいらった。

体をくねらせるうちに香奈美のシャツがはだけたので、肩を剝《む》き出して、ついでにブラジャーのストラップも外した。

浅いカップが撓んで隙間に乳首が覗けた。濃いピンク色の突起を目にしたとたん、喉の奥から熱いものが迫り上がり、口の中がカラカラに乾いた。

香奈美も急に呼吸が荒くなった。落ち着かない様子で体をくねらせたり強張らせたり、緊張の度はいっそう高まっているようだ。

カップをめくり下ろして双丘を露わにした瞬間、香奈美はびくっと震え、たわわな乳房も揺れた。

「なんて綺麗なんだ。こんな見事なオッパイ、見たことがない」

思わず称賛の声を洩らしていた。乳首がやや上を向いた、肌理《きめ》の細かい美乳だった。

「恥ずかしいから、そんなに見ないでください」

目隠ししていても彼の視線は感じるようだ。見ているだけなのに、せつなげに息をあえがせ、腰をもじもじさせる。

その姿を俊雄は少し離れて眺めてみた。バストに触れたとき以上に、乳首を暴き見たことで大きく一歩踏み出した感があった。いけないことをしている、という意識がまた強くなるが、やってしまった事実を消すことはできない。

「こんなに綺麗なんだから、なにも恥ずかしがることないじゃないか」

「でも、志野原さんに見られるのは、やっぱり……」

「立石以外の男に見られるのは初めてかな」

香奈美は顔を背けて押し黙った。夫のことを言われて罪の意識に苛《さいな》まれたのか。

だが俊雄は、結婚前はどうだったのだろう、ということに思いが及んだ。男性経験は少なそうだと想像していたが、これほど感じやすい体質は男に開発されたものではないかという気もした。あるいは、Mの気がありながら、そういうことを経験する機会がなかっただけかもしれない。

もし後者なら、自分が彼女の眠っていた性感覚を覚醒《かくせい》させていることになる。立石に申し訳ない気持ちと、逆にこれが彼のためになるという言い訳が交錯した。

「仲人のわたしが、こんなことをしちゃマズイよな」

言葉とは裏腹に乳房に手が伸びてしまう。掬《すく》い上げるように包み、やんわりと感触を味わう。

香奈美は身を捩って逃れようとするが、後ろで手首を縛られていては防ぎようもない。柔らかな生の乳房の弾力も端整な美しさも、すべて俊雄のものだった。

「香奈美さんのオッパイがいけないんだ。こんなに綺麗で大きくて、いかにも触ってほしそうで、ほら、こんなにぷりぷりしてる」

裾野に手を当てて、上下左右にランダムに揺らす。乳房は柔媚《にゅうび》に形を変えて、ピンクの突起が派手な踊りを見せた。

「……そんな、いたずらしないでください」

香奈美は顔を背けたまま、せつなげに息をあえがせた。愛撫らしい愛撫ではなく、見た目や感触をただ愉しんでいるだけなのに、それがかえって弄《もてあそ》ばれるような羞恥を感じさせるのだろう。

「乳首もビンビンに尖ってるね。最初に触ったときは、こんなに大きそうには感じなかったけど」

そう言って、つんと上を向いた乳首を転がしたとたん、

「いやん……あっ、あっ……」

電流が走ったように香奈美の体が痙攣《けいれん》した。感度はさらに高まっている。

俊雄は背後から両手で乳房を摑み、髪に顔を埋《うず》めた。微かにシャンプーの香りが残ってはいるが、頭皮の脂っぽい匂いが濃くてなまなましい。一日働いた女の体臭は、妙にぞくぞくさせるものがあった。

深く息を吸いながら、たわわな果実を揺らし、乳首をいらう。香奈美の口から甘い声が絶え間なく洩れはじめ、体のくねりも大きくなった。快楽の上り坂はますます急になったようだ。

ふと股間《こかん》にこそばゆい感覚があって、後ろで括《くく》られた彼女の手が触れていることに気づいた。押しつけるように腰で円を描くと、むずむずが下腹に広がってい

く。だが、

——勃《た》たないのか……。

香奈美の手は心地よく触れているのに、ペニスは縮こまったまま、大きくなりそうな気配が感じられない。

年齢的な衰えで勃起《ぼっき》に時間がかかるようになったが、まさか勃たないということはないだろう。そう思ってしばらく続けてみたが、気持ちは奮い立って香奈美の手も心地よいのに、やはり勃起の兆しは現れなかった。

6

——なんでいまさら……。

これはおかしい、どうしたんだという気持ちがしだいに焦りにつながると、学生時代の遠い記憶が甦ってきた。好きで好きでたまらない女の子とうまく行って初体験のチャンスがやって来たのに、緊張のあまりペニスが縮こまったままで二度失敗した。

三回目にようやく童貞とおさらばしてそれからは問題なかったが、別れてしばらくして新しい恋人ができると、初めてセックスするときにまた緊張して、思うように行かなかった。

後になって考えれば少々勃ちが悪かったに過ぎないのだが、もしダメだったら、と思ったとたんに気持ちが焦りはじめ、同じ轍《てつ》を踏んでしまった。

苦い経験はそこまでで、あとはこれといった難もなく快楽に没頭できるようになったが、いま俊雄のペニスはあのときの状態によく似ていた。そして、それを思い出したことでよけいな緊張を招く結果になった。

それでも香奈美への愛撫は続けていた。硬くないのを悟られないように腰は引いたが、両の手指をそれぞれ駆使して、くちびるや舌も這い回らせる。

——どっちみち、挿入するわけにはいかんだろう。

下腹部の異変を都合よくごまかして、愛撫だけでとことん感じさせてやろうと気持ちを新たにする。

現に香奈美は、体の強張りがすっかり影を潜め、軟体動物さながらのくねくねした動きで快感を露わにしている。これならほどなくアクメに達するだろうという確信はあった。

「ずいぶん気持ちよさそうだけど、こっちはどうなってるのかな」

乳房を愛撫しながら、片手をゆっくり滑り下ろした。薄いスカートの生地が下腹の柔らかさと恥骨の硬い盛り上がりを伝える。

そこからさらに秘めやかな谷を窺うが、香奈美はこれといって嫌がる素振りを見せない。荒かった息を殺して、彼の指が奥に届く瞬間を待っているようにさえ思えた。

「ちょっとだけ、触らせてもらってもいいかな……」

独り言みたいに呟いて、指でじわじわスカートをたくし上げる。香奈美は黙って息を詰めている。

裾までたくし上げたとき、股間に籠《こ》もっていた熱が解放され、指に温もりを感じた。わずかに触れたショーツを辿ってさらに下っていく。谷底は思っていた以上に地熱を溜《た》め込んでいた。

「ここがすごく熱いね」

ショーツの上から秘めやかな肉を覆うと、しっとりした感触もあった。

「なんだかずいぶん湿ってるじゃないか。どうしたんだろうね」

とぼけた言い方をすると、香奈美はくちびるを噛《か》んで顔を背けた。

ショーツを捩ったとたん、みるみる湿り気が増した。クロッチの脇から指を侵入させると、にゅるっと滑って溝にはまった。内側はとろとろに溢《あふ》れ返っている。

香奈美は顔を背けたまま、すっかり俯いてしまった。だが、俊雄の指に秘部を委ねたままだ。悪さをして見つかった子供が、叱《しか》られるのをおとなしく待っているようなしおらしさは、可愛らしくもあり、苛めてみたい気持ちをかき立てもする。

「そんなに感じやすくないって言ってたくせに、なんでこんなに濡れてるんだ。本当はこれが気持ちよかったんだろ?」

乳首をきゅっと捻った瞬間、香奈美は声を上げて体を引きつらせた。ぬかるんだ溝がひくっと蠢《うごめ》いて、さらに奥から溢れ出るものがあった。

「すごいね。これはグショグショになるね」

肉びらをこねながら、さらに強く乳首を摘み回した。

「あうっ……いやっ……ああんっ……」

甘えたような声が鼻から抜け、香奈美はくねくね身悶える。乳首への刺激は強いほどいいらしく、いったんやさしい愛撫にしてからいきなり強く揉み転がすと、面白いほど素直に反応する。

「だめなんです……そうされると弱いんです……そ、そんなことされると……ああっ……」

譫言《うわごと》のように羞じらう声に、ますますそそられる。

乳首を嬲りながら、同時にクリトリスも攻めた。ぬめった指で円を描くと、香奈美の腰はがくっ、がくっと震えだし、蜜がさらに溢れてくる。谷底全体が洪水に見舞われたようで、指がふやけそうだ。

「驚いたね。こんなに感じやすいとは思わなかった」

「それが恥ずかしいんです。いやらしい女みたいで……」

消え入るような声で香奈美は羞恥を口にする。秘部だけでなく、体全体が火照っているようだ。

「べつに恥ずかしいことじゃない。女は濡れやすい方がいいに決まってる」

「でも、志野原さんに知られるのはやっぱり……」

「なにを言ってる。こんな誰にも言えないことをしてしまったのに、いまさら恥ずかしいもなにもないだろう」

「誰にも言えないこと……」

香奈美が反芻《はんすう》した言葉を、俊雄も胸の内で繰り返した。

——ここまでやったんだから、とにかくイッてもらわなければ。

上司として、さらには仲人としてあるまじき行為には違いないが、やってしまった以上、中途半端で終わらせるのはよくないだろう。

挿入するわけにはいかなくても、絶頂まで導いてやれば、裸を見られたとか触られた事実よりもっと強いものを香奈美は意識するはずだ。そうすることでより大きな秘密を共有したいという気持ちもあった。

「ずっと座ってるのもつらいだろう。ちょっと体勢を変えようか」

最後の攻めにかかることにして彼女を膝立ちにさせ、そのときにショーツを摑んで引き下ろしてしまった。

「そのまま体を前に倒して……」

彼女の上体を支えて、座布団の上に前のめりにさせる。普通なら四つん這いになるところだが、手を後ろで拘束されているから、肩と頰を座布団に押しつけて這いつくばる体勢だ。

しかし、尻《しり》を高く持ち上げたそのスタイルは、四つん這いより遥かにエロティックだった。

「ああ、こんな恰好《かっこう》……恥ずかしすぎます」

嘆く割に声は昂ぶって、うれしそうな響きを含んでいるようにも思える。やはりこの人はMの気があるに違いない――。

目隠しで拘束された恥態を眺めながらそんなことを考え、彼自身もまた、抑えがたい昂ぶりを感じていた。

膝の上に留まっていたショーツを脚から抜き取ってしまい、フレアスカートをぺろんと腰の上に捲《まく》り上げた。

「ひっ……！」

しゃくり上げるような声とともに、剝き出しの双丘が引き締まった。その狭間には、ぬめ光る肉の亀裂が露わになっている。

「み、見ないでください。そこはダメです……ああ……いやぁ」

白い尻肉を振っていやいやをするが、そんな無意味なことがかえって猥褻感《わいせつかん》を増幅させる。

「いやらしい恰好だ。きっと立石も、こんなふうにしてみたかったんだろうな。わたしが先で申し訳ないことをした」

「そんなこと……あの人のことは言わないでください」

「だけど、あいつが変態みたいなことをしたがるって相談してきたから、じゃあ試しにやってみようって縛ったんだ。それでこんなに濡らしてるなんて、香奈美さんこそ変態なんじゃないか」

「でも、まさかこんなことまでするなんて……ああ、もう……おかしくなりそうです」

「もうなってると思うけどね」

尻を高く突き上げた屈辱的な姿を眺めていると、言い知れぬ愉悦が込み上げて、もっともっと辱めてやりたい欲求に駆られた。

つるんとした双丘は、眩いほど艶々している。鷲掴《わしづか》みにして揉みしだくと、搗《つ》きたての餅《もち》のように柔らかく歪んだ。

俊雄は右と左を互い違いに揉み回した。狭間の肉裂は蛇がのたうつように捩れ、淫靡《いんび》な光沢を放った。

「こんなにグチョグチョにしちゃって、いやらしいね。香奈美さんはいまどきの若い女にしては慎み深いって思ってたけど、コレを見ちゃうと、真面目な印象もずいぶん変わるねえ」

自然と羞恥を煽《あお》るもの言いになっていた。くちびるを咬んで耐える香奈美にそそられ、邪な気持ちはいっそう強くなる。

尻肉を開いたり閉じたりするたびに、にちゃっ、ねちょっと卑猥《ひわい》な音がした。

顔を近づけると、醗酵《はっこう》の進んだような乳酪臭が鼻腔を刺激した。肉裂の上のすぼまりにも微かな残臭があった。

「いやらしい匂いがする」

「いやぁ、ダメェ！　ああ、そんな……」

香奈美は甲高い声を上げて腰を振るが、無防備な秘部を隠すことなどできない。艶光りした花びらがひくっと閉じて、呼吸をするようにまた口を開けた。

「ヒクヒク動いて、卑猥なワレメだな。なにか挿《い》れてほしそうに、口をパクパクしてるよ」

香奈美は身も世もないといった風情で顔を背けてしまった。どっちを向いても彼女自身は目隠しされて見えないのに、やはり悶える顔を見られたくないのだろうか。

「そんなにヒクヒクさせると、汁が垂れちゃうよ。ほら危ない」

肉びらの合わせ目に溜まった透明な液が、いまにも決壊しそうに膨らんでいた。それを舌で掬い、派手な音を立てて啜《すす》る。クリトリスは大粒でほとんど莢《さや》から露出している。ちろっと舐めたとたん、

「んむっ……！」

くぐもった声が響いた。双丘を目一杯開いて、敏感な肉の芽を弾いたり円を描いたり、それを中心に花びらや蜜の穴まで舐め尽くす。

「ああん、いっ……いい……いやぁ……」

香奈美の腰がくねるのをしっかり摑んで押さえ、よく動く舌を駆使して攻め続けた。股間はいまだ変化の兆しもないが、長年培ってきた舌使いは還暦間近でも衰えてはいない。

クリトリスを吸いながら、舌でぬらぬら舐め擦った。蜜汁が溢れてくちびるはべとべとになり、鼻の頭まで濡れてしまう。舐め続けるうちに口元はどんどん淫臭にまみれていった。

手を離しても淫裂は開いたままだ。花びらがぽってり厚みを増して、内側から迫り出すように広がっている。俊雄は縦横に大きくこね回し、卑猥に捩れさせて愉しんだ。

「びらびらが歪んで変な形になる。笑ったり怒ったりしてるみたいに見えるよ。ほら、これは笑った顔だ」

「イタズラはやめてください。オモチャにしないで……」

「そう言われても、遊んでて飽きないんだ」

「そんな、遊ぶだなんて……ああ、いや……」

ただいじり回してるだけで愛撫とも言えないが、奥から蜜がまた湧《わ》き出した。最初は透明だったが、少しずつ白く濁ってきた。

「遊んでいないで、こうしてほしいのかな」

「あんっ……！」

中指を突き立てると、香奈美は腰をくねらせて締めつけた。くいっと搾って奥へ引き込むような力が働いている。抜き挿しすると、それがさらに強くなった。

「いやらしく締めてるね。自分でわかるかい？」

「あうぅっ……」

香奈美はくぐもった声を洩らすだけだが、緊縮は何度も繰り返される。「ほら、また」と、いちいち指摘しながら抜き挿しを続けるうちに、その間隔が少しずつ狭まっていった。淫臭もやや濃くなった。

指を二本にして抜き挿しを速めると、卑猥な粘着音がさらに高まった。もちろん香奈美の耳にも届いているはずで、派手な音がするようにわざと大きなストロークで深く抉《えぐ》ってやる。

滑りはますますよくなって、抜き挿しの合間に密着する膣壁をぐにゅぐにゅかき回した。香奈美の背中は弓のように反って波を打ち、突き上げた尻が悩ましげに揺れながら、引き締まったり緩んだりを繰り返した。

「これか？　ここがいいんだね」

指先がGスポットを捉《とら》えると、小刻みな振動で刺激を送り込む。

「ひやぁ、あああんっ……あうっ……あうっ……あうう……」

くぐもった声が若夫婦の寝室に響く。俊雄は出張中の部下の顔を思い浮かべて烈しく昂奮した。夕刻、電話で簡単な報告を受けたが、そのときの彼の声が脳裡に甦る。

――まさか、こんなことになるとは……。

思わぬ成り行きだったが、部下の妻にアクメを味わわせようとしている。恐れを感じながらも、それ以上の愉悦が胸を満たした。

俊雄は親指をクリトリスに触れる位置に置き、外と中に同時にバイブレーションを送り続けた。膣壁の緊縮が間断なく起こるようになり、香奈美は明らかに急坂を上りはじめた。

「い、いやぁ……あぁっ、もうだめ……おかしくなっちゃうぅ……」

「イクんだ、香奈美さん……イッちゃえよ」

俊雄はさらに激しい抽送で攻め続ける。手首が攣《つ》りそうだが、懸命に堪えて最後のスパートをかけた。

「うああっ……イク……イキそう……あああんっ、うむむぅ……！」

香奈美は座布団に顔を伏せ、よがる声を押し殺した。だが、がくっ、がくっと腰を揺らすと、より強い力で指を締めつけてアクメの到来を告げた。

そして、俊雄の指を受け入れたまま〝くの字〟に倒れ込むと、いかに烈しい快楽だったかを、荒い息と名残《なごり》の収縮で教えてくれた。

にゅるっと指を抜くと、付け根まで白濁した淫液にまみれていた。見れば香奈美の内腿にまでべったり付着している。

俊雄は手首の紐を解いて、目隠しのタオルも外してやった。

「見てごらん、こんなになっちゃったよ」

白くふやけそうになった指を目の前にかざした。香奈美は放心の体《てい》で、虚《うつ》ろなまなざしを億劫《おっくう》そうに向けるだけだったが、少しして我に返ると、恥ずかしそうに顔を伏せた。

「そんなの、わざわざ見せないでください」

「気持ちよかった証拠なんだからいいじゃないか」

「よくありません。どうしてそんなにイジワルなんですか」

「意地が悪いかな。気持ちよくなってくれたのがうれしいだけだけど」

とぼけた口調で言いながら、香奈美を仰向《あおむ》けにさせると、頬を染めていやいやをした。

二人だけの秘密を抱えて心は躍ったが、それ以上に彼女の意外な一面を暴いたことに愉悦を感じる。夫の立石より先にそれを知ったのかもしれないと思うと、あらためて優越感が込み上げてくる。

そして、羞恥にあえいでいた香奈美をいとおしく思う気持ちが胸に兆した。俊雄は覆い被《かぶ》さって、いやいやをしている彼女のくちびるを奪った。

香奈美は身を固くしてじっと動かない。積極的に受け容れはしないが、拒んだりもしない。啄《ついば》むように何度もくちびるに触れてみたが、それでも逃げようとしない。繰り返しているうちに、新しい恋人に巡り会えたようなロマンティックな気分に包まれた。

そのうちに香奈美の体から力が抜けていくのがわかり、ぴったりくちびるを重ねて様子を窺った。

たっぷりクンニをしたせいで、くちびるやその周りには香奈美の性臭がこびりついている。それを教えてやろうと、彼女の鼻先に口を近づけてみた。

「香奈美さんの匂いがするだろう」

香奈美は最初、意味がわからないようだったが、急に弾かれたように顔を背けてしまった。

「匂いも味も最高だったよ」

耳元でいやらしく囁くと、香奈美がびくっと体を震わせた。

「志野原さんて、本当にイジワルなんですね」

うわずった声に嫌悪感は感じられなかった。むしろ昂ぶりが余韻を引いているようにさえ思えた。

——この人は、もしかして最初から……。

試しに目隠しをしてみようと言ったときから、こんなことになるかもしれないと予感していたのではないか。

そんな勝手なことを考えているうちに、香奈美は息を整えて体を起こした。いきなり現実に戻されたようで、俊雄も慌てて起き上がる。

若妻の柔らかな感触がくちびるに残っていた。軽く触れただけで、舌もからめないまま、キスはそれきりになってしまった。

第二章　絡みつく指

1

「統合の件、やっぱり決まりそうなんでしょうか」

「はっきりしたことはまだ言えないけど、まあ、そうなるだろうね。まさか反対なんじゃないだろうね」

「そうじゃなくて、いろいろ大変になるかなと」

立石は表情を引き締めて、バーボンのグラスを口に運んだ。

香奈美を拘束してアクメを味わわせた俊雄は、新婚夫婦のその後が気になって立石を飲みに誘ったのだが、とりあえず仕事の話題に少し時間を費やしてから、それとなくさぐりを入れようと考えていた。

　会社はいま業界最大手のアルファ・ホールディングスからM&Aを持ちかけられ、具体的な交渉に入っている。

　効率よく利潤を上げるために大きくなるのは必要なことだが、立石が気にするのは、五年前と三年前にも合併を経験していて、そのたびに現場は対応に追われてきたからだ。

「これまでは吸収だったけど、今度は向こうのシステムに合わせることになるんでしょうから、ちょっと大変ですよね」

「具体的なことはまだわからんよ。でも、給与水準もあちらに合わせる方向だから、多少の苦労は織り込んでもらわないとな」

　立石は少し口元を緩め、公表されているアルファの平均給与を挙げて自社と比較する。自分の年齢だとどの程度になるか、彼が勝手にしゃべるのを俊雄は黙って聞いていたが、なかなかしっかり計算していると感心した。

　医薬品メーカーと病院・薬局の間に立つ卸業は、売買差益自体は微々たるもので、メーカーからのバックマージンに支えられている。だから大量に扱うことで利益が上がるのだが、そのために会社を大きくする必要があって、再編が進んできた。

俊雄はそうした中で部長職まで昇進したが、今回のM&Aが決まれば、おそらく部長扱いに変わってそのまま定年を迎えることになるだろう。

そのことを肯定的に捉えている自分がいて、上昇志向が萎えていることに気づかされた。それで精神的にはかえって楽になった。部下たちには相変わらず厳しいが、先のことを思いやる気持ちが強くなっている。

会社は医薬品の他に日用品も扱っているので、そちらに異動になる者も出てくるはずだが、自分の部下たちにはできるだけ希望がかなうようにしてやりたいと考えている。

立石もそうした先の可能性を考えているようで、いろいろ質問をぶつけてきた。二人で飲むのは久しぶりだから、いい機会と思っているのだろう。

「わたしはもう先が見えてきたけどね、きみたちはまだ長いから、頑張ればどうにでもなる。そのことを忘れてはいかんよ」

「どうしたんですか、部長。ずいぶん気弱なことを言って」

ひとしきり仕事関連の話をしてから、少し矛先を変えようとすると、立石が巧く乗ってきた。

「この歳になると、まあいろいろあってね」

「なにか問題でも？」

立石はにわかに身を乗り出した。日頃、弱気なところを絶対に見せない上司だから、興味が湧いたのだろう。

「それがまあ、あっちの話なんだけどね……」

思わせぶりに切り出したのは、夫婦生活のことだ。最近はなかなかそういう気にならないし、いざ一戦交えることになっても態勢が整うまでにかなり時間がかかる。ようやく硬くなってもピンと真上を向くことがないのだと赤裸々に語った。

「……そ、そうなんですか」

どう応えたものか迷いながらも、立石の表情にはうれしさを押し隠しているところが窺えた。他の部下にしない話を自分にはしてくれる、そんな優越感があるのかもしれない。

俊雄が語ったのは、倦怠期《けんたいき》が続いていることも含めて大部分が本当のことだ。ひと回り若い紀子と再婚した当初はかなり頑張ったが、長くは続かなかった。俊雄は仕事で忙しかったし、彼女がリサイクルショップを始めてからはさらに間遠になってしまった。

回数が減ったことが原因なのか、肉体の衰えもその頃から速まった気がする。最近は久しぶりに一緒の床に入っても、中折れして射精しないまま終わることさえある。

紀子も年齢的に仕方ないと理解しているのか、とりたてて不満を口にすることはない。意外にあっさりしたもので、同情するのはかえってよくないと考えているようでもあった。

「ずっと倦怠期が続いてるから、なにか刺激になることでもやらないと、もう駄目かもしれん」

たとえばSMみたいなこと、と言ったとたん、立石の眉がぴくりと動いた。

「部長、そういうのに興味があるんですか」

「興味っていうか、若い頃に一度だけその手の店でプレイ経験があって、それがずっと頭に残っててね」

「そうなんですか」

詳しい話を聞きたがるので、俊雄は唯一の経験談を披露してやった。もちろんそれなりの誇張を入れてのことだ。

立石は食い入るように聞き入り、とりわけ責め具について詳細を知りたがった。

M嬢の反応についても熱心に尋ねるので、煽られて脚色がますます多くなる。それを彼はいちいち頷きながら聞いていた。

おかげで俊雄自身の問題は、いつの間にか横に追いやられていた。

「きみの方こそずいぶん興味がありそうだけど、もしかして、やってみたいとか思ってるんじゃないか」

「いえ、やってはいるんですけどね……」

ようやく核心に近づいたとたん、意外な答えが返ってきた。

「それはつまり、香奈美さんを相手にってことか」

「ええ。まあ、そうです」

念のために確認すると、二、三カ月前からしばしば拘束プレイをしていて、例の幅広の腰紐も使っているらしい。香奈美が言っていたことと違うのに驚いたが、立石が急に表情を曇らせたのも気にかかった。

「なんだか浮かない顔だけど、どうかしたのか」

立石は少し考え込んでから、おもむろに口を開いた。

「実を言うと、あいつ、あまり感じないみたいなんです。もしかしたら不感症じゃないかって、ちょっと心配になって」

「まさか、そんなこと……」

あるわけないだろうと、強く否定しそうになるのを思い留まった。よかったらもう少し詳しく聞かせてくれないかと、いかにも親身になって相談に乗る姿勢を示した。今度は俊雄が聞き手に回る。

きっかけはセックスの真っ最中、ふと目に入った妻の顔が妙に冷めていたことだと彼は言った。気になってそれから注意していると、顔つきも声もいかにも感じているふうなのに、ときどきシラッとした表情になるらしい。

「なんだか感じてるフリをしてるだけみたいな……」

疑いを持ってからより一所懸命愛撫に励んだが、この頃はそれが空回りのように思えてきたと立石はこぼした。俊雄が赤裸々に語っただけに、彼の話もかなり具体的だった。

「それでSM的なことをして、少しでも刺激になればいいと思ったのか」

「いえ。それはまあ、元々興味があったからやってみたかったわけで、不感症じゃないかって疑う前からやってたんです」

やはり香奈美が言ったこととずいぶん食い違っている。それに何より、彼女の性感が鈍いというのは到底信じがたかった。あれだけ敏感で、しかもMっ気があるのはほぼ間違いない。拘束されれば当然のように濡れるはずだ。

「感じないみたいだというのは、愛液の量が少ないとか……」

「濡れはするんですけど、たぶん少ないんだろうと思います。ぼくの場合、なんて言うか、比較対象があまり多くないから、あれなんですけど」

　正直に告白して照れるところが彼らしいが、それはともかく、彼女があれほどまで濡れたことを思えば、立石がどうかしているとしか言いようがない。どれだけ稚拙《ちせつ》なセックスなのか、できればこの目で見てみたいくらいだ。

　とはいえ、頭から否定するわけにもいかなかった。

「でもね、体質っていうのは人それぞれだろ。愛液が多いとか少ないとかはけっこう個人差があるものだから、少ないから感じてないとは、必ずしも言いきれないよ」

　立石は気後れした様子で力なく頷いた。気を使ってフォローしたつもりだが、かえって経験の差を見せつけたようで気が引ける。

　ふとタンスの引き出しにバイブがあったのを思い出し、あれはやはりテクニックに自信がなくて器具に頼ったのだと推測した。

「バイブなんか使ってみたらどうだ。けっこう効果が期待できるんじゃないか」

こっそり見て知っていることは伏せて、さぐりを入れてみる。すると立石は、

「なるほど、そうですね。そんなの使ったことないけど、ちょっと試してみるのもいいかな」

可能性が開けたことで表情が少し明るくなった。

だが、計らずもその答えで、あのバイブレーターは香奈美がオナニーに使っていることが判明した。

——あんな慎み深い娘なのに、バイブでオナッてるのか……。

つい想像してしまうが、秘肉の具合もあえぐ声も知っているだけに、浮かんだ図はやけに臨場感のあるものだった。

妖しいざわめきを感じながらも、ますます香奈美のことが心に引っかかり、どうにも腑《ふ》に落ちない。

立石が嘘を言ってるとは思えないし、そもそもその必要がない。ならば香奈美の言葉を疑うしかないが、それも理由が思いつかなかった。

——もう一度、彼女と話してみればいいのか。

嘘を言ったわけを訊いてみよう、というのは建前で、会えば再びよからぬ行為に走ってしまうに違いない。あんなことをしたのだから、会うのを拒まなければ

うとしていた。


彼女もその気でいると見なしていい。

それでも非道なことに変わりはないが、二人を引き合わせた責任というものを考えるなら、彼女に性テクニックの稚拙な立石を紹介したことこそ重く見るべきだ——少し元気を取り戻した部下を前に、俊雄は疚《やま》しい気持ちを強引に握り潰そうとしていた。

2

翌日、帰宅して寝室を覗くと小山内由貴が来ていた。また買い取り希望の品々を紀子に査定してもらうためだ。

妻は順調に回復しつつあるが、だからこそ油断は禁物と医師に釘《くぎ》を刺されていた。トイレへの行き来や入浴が前より楽だと歓んでいるが、それ以外はなるべく動かずに、もう少し安静を保つことになっている。

おかげで俊雄は、不慣れな家事も続けるうちにだんだん苦ではなくなりつつあった。妻が治るまでの限定的なものだから気が楽ということもある。

もっとも、食事については相変わらず弁当や出前ですませている。次の休みに簡単なものでも作ってみようかと言ったら、紀子にやんわり断られた。まあ、やめておいた方が無難かもしれないと、彼自身も思った。

「悪いんだけど、由貴ちゃんにコーヒー、お願いしていい？」

俊雄が腰の具合を尋ねると、妻の返事は素っ気なく、それより客にお茶を出してほしいと頼んできた。

「そんな、気を使わないでください」

「わざわざ家まで来てもらってるのに、お茶の一杯も出さないんじゃ申し訳ないわ」

「ご主人にお茶を出していただくなんて、かえってこっちが申し訳ないです。わたし、もう帰りますから」

「遠慮しないで。この人、最近コーヒーを入れるのに凝ってるのよ。帰る前にちょっと飲んでいって」

女二人の忙《せわ》しないやりとりを、俊雄は黙って聞いていた。

コーヒー好きの紀子に頼まれて入れてやるようになり、それが面白くなったのは本当だ。ペーパードリップだから入れ方は簡単だが、ちょっとした違いでけっこう味が変わる。その違いが何となくわかったことで興味が深まった。

「じゃあ、せっかくだからいただいて帰ります」

「そうしてください。着替えたらすぐやるので」

　俊雄は甚平を持って別室に行き、さっさと着替えをすませると、薬缶を火にかけた。客にコーヒーを出すのは、ちょっと新鮮な気分だ。

紀子愛用の手挽《てび》きのミルでガリガリやっていると、寝室のドアが開いた。由貴はコーヒーを飲んだらすぐ帰るつもりらしく、妻に暇《いとま》を告げるとバッグを持って出てきた。

彼女は店員に採用される前、客として来たことがあるらしいが、妻は憶えていなかったようだ。

しかし、店頭に貼《は》った求人チラシを見て面接に来たとき、即座に採用を決めたという。礼儀をよくわきまえていて、これなら客の応対も安心して任せられると判断したためだ。

俊雄は何度も顔を合わせている割にあまり話をしていないが、明るく礼儀正しい人だと、妻から聞いた通りの印象を持っている。ところが、

「ご主人にコーヒーを入れてもらえるなんて、ちょっと愉しみです」

キッチンを覗いた彼女は、口元にどこか媚《こ》びるような笑みを浮かべ、ねっとり

した声音で言った。

子供を産んでいないせいか、三十七歳の既婚にしては見た目が若々しいが、ゆったりした衿元やくびれた腰から熟れざかりの女の匂いが滲み出て、さきほど紀子の前にいたときとは別の雰囲気をまとっている。

——なんだ、この感じ……。

先日、店で働く姿も目にしているが、もちろんそれとも違う。妙に色香を感じさせるのだ。態度や仕種にそれらしいものはないのに匂い立つものがある。

こんな女だったろうかと、俊雄は気をそそられた。いままでの印象を覆して、急に生身の女が立ち現れたようだった。

「凝ってるって言えるほどのもんじゃないから、あまり期待しないで」

由貴はそれには応えずに、豆を挽く手元を見つめる。

それからゆっくり視線を上げるのと一緒に、こそばゆい感じが手首から腕を這うように上がってきた。

「旦那《だんな》さん、いま海外なんだって?」

「研修で半年間」

彼女の夫は外資の会社に勤務しており、いまは単身アメリカに滞在していると聞いた。

「じゃあ、帰って来るまでさびしいでしょう」

それにも応えがないのでちらっと見ると、俊雄の横顔をじっと見つめ、何か言いたげな目をしていた。

「どうかしました？」

すると由貴は、体が触れそうなほど近寄ってきて、

「ご主人と香奈美ちゃん、なんだか怪しいですね」

寝室まで聞こえないのに、不必要なほど声を落として囁いた。

俊雄は一瞬、何が起きているのか理解できずに狼狽《うろた》えた。

「怪しい？　どういう意味かな」

「そうやってとぼけるところが、なおさら怪しいわ」

「とぼけてるわけじゃない。意味がわからないだけだ」

口の中が急に乾いてしゃべりにくい。香奈美にしたことを知られたのかと訝《いぶか》ると、どうにも落ち着かなかった。

先夜、別れ際に向けられた、含みのあるまなざしが思い浮かぶ。だが、あれは香奈美との間にまだ何もなかったときのことだ。

まさか彼女がしゃべったとも思えない。カンが鋭いというより、ただ適当に勘繰っているだけではないか——。

俊雄は挽き終わった豆をフィルターに移しながら、とにかくシラを切るしかないと思った。

「つまり、香奈美ちゃんといけない関係じゃないかってこと。この前、一緒に帰ったけど、あれからいいことしたんでしょ」

「なにを言いだすんだろうね。あれはちょっと相談事があるっていうから会っただけだよ。わたしは彼女たちの仲人で、親代わりみたいなもんだから、なにかにつけ相談されることが多くて……」

香奈美が彼女にそう言っていたのを思い出したのだが、ちょっと饒舌《じょうぜつ》過ぎる気がして口をつぐんだ。

由貴は見透かすようににんまり笑った。

彼女が言うには、あの日、閉店時間が近づくにつれて香奈美がそわそわ落ち着かなくなったので、夫と待ち合わせでもしているのだろうと思ったら、やって来たのは俊雄だった。

さらに次の日、ときどきボーッとして、心ここにあらずの状態でうっとりしたりと、どうも様子がおかしいのでピンと来たらしい。

「試しに昨日は仲人さんに何の相談だったのって尋ねてみたら……」

またもやじっと見つめられ、俊雄の胸がざわついた。

「相談てほどじゃなくて、食事をご馳走《ちそう》してもらっただけだって」

由貴は勝ち誇るような目をした。自分の言ったことがヤブヘビになって、俊雄は追い込まれた。思いつくのはギリギリの言い訳しかない。

「そんなことでわたしと香奈美さんが男と女の関係だって疑ってるなら、まったくのお門違《かどちが》いだ。なにしろわたしは……」

わずかに躊躇《ためら》いもあったが、由貴が小首を傾げて先を促すので、はっきり言うしかなかった。

「正直に言うのは恥ずかしいけど、もう、男として役に立たないんだ」

あれは一時的なものに過ぎないと内心思いながら、そうやって口にすると現実になりそうな嫌な予感もした。あくまでも逃げの方便だと、あらためて自分に言い聞かせる。

お湯が沸いたので火を止め、少し注いで豆を蒸らす。

「そんな、嘘ばっかり」

由貴は一笑に付した。声は落としているが、けたたましい笑い声でも上げそうな顔つきだ。

「嘘言ってもしょうがないよ。もう、そういう年齢なんだ」

それらしくため息混じりに言うと、由貴がぴたっと体を寄せてきた。甘い香りがふんわり漂うと、彼女の手が股間を包み込んだ。

「な……！」

驚いて薬缶を落としそうになった。

だが、由貴は触れるだけでなく、平然と股間を揉みあやした。握っては緩め、また握っては緩めを繰り返す。握るというより軽く押さえる程度の微妙な手つきで、甘やかな波動が下腹に広がった。

「こんなところでなにをするんだ。ちょっと、やめないか」

「ホントかどうか、こうやって確かめるのがいちばんでしょ」

取り乱してはいけないと、そのまま湯を注ぐことにしたが、股間の肉棒はじわじわ膨らみはじめる。先日は縮こまって気配すら見えなかったのに、明らかに勃起しつつあった。

「あら、どうしたのかしら？」

芯が通ってきたのを感じて、由貴はとぼけた声で言った。温かい息が耳にかかり、バストの膨らみが腕に触れる。コーヒー豆に湯を注ぎ回す動作が、つんと突き出した小山を腕でなぞることになる。それでペニスはますます勢いを得た。

「役に立たないんですよね、コレ」

嗤笑《ししよう》とともに、握っては緩めから揉み回す手つきに変わった。肉棒が手のひらで圧迫されるのが何とも言えず心地よい。

コーヒーを入れることに集中して、何とか勃起させまいとするが、手指の気持ちよさにどうしても心が動いてしまう。

由貴は指を揃えて先端へ移動すると、竿《さお》には触れないで亀頭部分だけをすりすりした。裏筋に際立った快感が弾け、ぴくっと竿が脈動した。

「んっ……」

俊雄は思わず腰を揺らして、小さな呻《うめ》きを洩らしていた。

「やっぱり嘘でしたね。どうしてすぐバレる嘘なんかつくんですか」

さっきの言い訳が嘘だったのはもう証明されたのに、由貴はなおも慣れた手つきで揉み続ける。

「どうしてって……普通はバレたりはしないだろう。まさかこんなことするとは思わないじゃないか」

俊雄はうわずった声で言い、薬缶を置いた。もうサーバー分の湯は注ぎきった。

ペニスはかなり膨張して、甚平の前をもこっと押し上げている。硬さは七分程度だが、このところの状態からすれば目一杯に近かった。

「そうかしら？　確かめるにはこうするしかないけど」

「なにもわざわざ確かめることはないだろう」

不意に由貴の手が止まった。これで終わりか、と思うと何だか物足りない気分になる。勃起したことで一時の不安は解消されたが、せっかくだからもう少し続けてほしいというのが正直な気持ちだった。

「しなくていいって言われても、もう確かめちゃいましたね。まだ役に立つってこと、よくわかりました」

由貴がその場にしゃがみ込み、もっこりした股間は顔の高さに近くなった。思わせぶりに見つめられると、まさかという驚きと期待がない交ぜになる。

甚平の前ボタンに触れられた瞬間、期待の方が一気に高まった。由貴はあっさりボタンを外して隙間に指を潜らせると、器用にブリーフを下げ、ペニスを引っぱり出した。

3

細い指の感触に心が躍った。妻がベッドで安静にしていることを思うと、こんな場所で直にペニスを触られている異様さに昂ぶりを抑えられない。

寝室のドアを気にすると、

「まさか、いきなり起きてきたりはないでしょ」

由貴は余裕の表情で笑みを浮かべる。

ペニスをしげしげ眺めたり、摘んで硬さを計ったりされているうちに、勃起度がわずかに上がった。天井を向いて聳《そそ》り立つことはないが、中空を指して雁首がしっかり張ってきた。

「これで香奈美ちゃんを可愛がってあげたんですね」

「いや、違うんだ。あのときは本当に、こうはならなかったんだ。たまたまだけど、役に立たなかったのは嘘じゃない」

ついムキになってしまうが、いくら言っても信じてもらえそうにない。由貴はまだ疑《うたぐ》り深い目をしている。

だが、そもそも香奈美とのことで彼女に責められる謂《い》われはないのだった。妻に代わって不倫を疑い、咎めるのであれば、彼女自身がこんなことをするのはおかしい。

あるいは密かに俊雄に好意を抱き、それで香奈美に嫉妬《しっと》したということなら理解できるが、顔を合わせても挨拶《あいさつ》程度であまり口を利いていないくらいだから、それほど思いを募らせるとは考えにくい。

「そんなに意地を張らなくてもいいのに」

「意地を張るわけじゃない。本当にそんなことはしてないんだ」

「そうかしら。でも、たまたま役に立たなかったってことは、もし可能だったらしてたわけですよね」

「いや、それは……」

鋭く追及されて、返答に窮してしまう。仮に勃起していたらあの程度のことですんだかどうか、あまり自信はなかった。

一方で彼女の頭の回転のよさに新たな魅力を感じていて、それが妖しい色香をさらに引き立てるのだった。

「やっぱりそうだ。少なくとも怪しいと感じたのは間違いじゃなかった。香奈美ちゃん、絶対おかしかったもの」

納得したように呟きながら、由貴はなおもペニスをいじり回している。握って太さを見たり、亀頭のエラを指先で辿ったりする。

もう香奈美のことで疑われようが、そんなことはどうでもよくなってきた。彼女がその話を持ち出したのも、ペニスをいたずらしたいためのような気がする。夫の不在で欲求が溜まっているのだろう。

「でも、こんなに簡単に勃つのも珍しいよ。あのときなんて、ピクリともしなかったのに……」

暗に由貴にいじられて気持ちいいことをほのめかした。だが、彼女は違うことに反応した。

「要するにコレが硬くならなきゃおかしいこと、香奈美ちゃんにしてもらったんですね。じゃなくて、ご主人がしたのかな」

「まいったな。これはヤブヘビだった」

「ご主人てホントに正直なんですね。コレもずいぶん素直だし」

由貴は手のひらで亀頭を包み、握ったり緩めたりを繰り返した。その言葉通り、亀頭が素直に膨張していく。ちょうどエラを擦るように指が当たるのがいい。

「本当に珍しいんだ。ふだんは勃起するまでに時間がかかるし、これほど硬くはならない。どうして今日はこんな元気なんだか……」

再び彼女の手指の心地よさを遠回しに告げた。するとこちらの意図を見抜いたように微笑み、竿を握って本格的なしごきに変わった。

「ああ、気持ちいいね……」

俊雄はうっとり吐息を洩らして身を委ねる。スライドさせながら軽くエラを擦る、その微妙な力加減がいかにも手慣れた感じだ。

指先で裏筋をなぞったかと思うと、股座《またぐら》に手を入れて、甚平越しに睾丸をすりしたりアヌスをさぐったり、男の悦《よろこ》ばせ方をよく心得ている。

俊雄はこの制約された情況がだんだん恨めしく思えてきた。下着まで脱ぎ落として存分に舐めしゃぶってほしいし、逆にクンニをしてやりたいとも思う。もちろん挿入まで射程に入れたいところだ。

万が一のことを考えると、たとえ下だけでも脱ぐのは控えるべきだが、危険を冒してみたい誘惑に駆られる。

ふと由貴が手を離すと、いつの間にか九分近くまで勃起していて、先端が天井を向いた。

「こんなに元気になったのは久しぶりだ」

「役に立たなかったなんて、やっぱり嘘じゃないかしら。ホントは香奈美ちゃんとしたんでしょ」

そう言って蒸し返す割には、咎めているように聞こえなかった。反りを確認すると、竿を弾いてぶるんと揺らした。反動で下腹に当たるのを、二度三度と繰り返して遊ぶ。

「やってないよ。いまさら隠したって意味ないだろう」

「でも、したいとは思ってるのよね」

「それは……」

答えによって彼女の態度が変わりはしないかが気になる。だが、その心配は無用だったようだ。

「しちゃえばいいのに。あの子、見かけによらずかなりエロいわよ」

ペニスをいじりながら他の女のことを唆《そそのか》すなんて、いったいどういう神経なんだと思う。欲求が溜まっているというより、根っから享楽的なのかもしれない。

だが、それより、

「どうしてエロいって言いきれるんだ」

同性の目で香奈美のどこを見たのかに興味が湧いた。

「わかってるくせに。どこまでかは知らないけど、それなりのことはしてるんでしょ。こんなに元気だったら、あの子、きっと悦ぶわよ」

そう言いながら、由貴自身がうれしそうだった。いとおしげにペニスに触れる手つきが、本当は香奈美のことはどうでもよくて、自分が欲しがっているように見える。

「奥様とはどうなんですか。ときどきはしてたの?」

「ときどきっていうか、二、三カ月に一回ってとこだよ。まあ、いまはギックリ腰だからどっちみち駄目なんだけど……なんて、どうしてそんなこと正直に話してるんだ」

自分でツッコミを入れながら、この女とはあけすけに性の話ができることに気づいた。

「ごまかしたところで意味ないでしょ。自分でもそう言ったじゃない」

「そうだったな」

寝室に妻がいるにもかかわらず、気持ちはどこか和んできて、危うい情況を愉しむようなところがあった。香奈美を拘束したときにあれだけ緊張したのとは大違いだ。

「ちょっと、口でやってもらえないかな」

リラックスしたせいで勃起力はやや弱まっている。フェラチオを求めるのに躊躇いはなかった。

由貴はちらっと寝室を見やると、ペニスにくちびるを近づけた。

だが、ぎりぎりまで接近して止まり、いたずらっぽい目で俊雄を見上げる。くちびるが開いて、濡れたピンクの舌でいまにも触れようとするが、温かな息が亀頭にかかるだけだった。

「どうしたの。焦《じ》らすつもり?」

「すぐにしゃぶったら、もったいない気がして」

「べつに減るもんじゃないよ」

「減りはしなくても、ゆっくり時間をかければいっぱい出ると思うけど」

「この歳でそんなに出るもんか。でも、男の体をよくわかってるね。いままで何本しゃぶったか数えきれないんじゃないか」

それには答えないで、代わりに亀頭の裏側をぬらりと舐める。

「んっ……」

微かな電流が背筋を走り、ペニスが脈を打った。全体に唾液《だえき》をまぶされるうちに、ペニスは再び力を漲《みなぎ》らせる。雁首と竿を行ったり来たりしながら、全体に唾液をまぶされるうちに、ペニス

由貴は睾丸を揉みあやしたり、太腿や尻を撫でたりしはじめた。手を離したせいで肉棒は不安定になったが、それを舌で追いかけるのを愉しんでいる。

俊雄はわざとひくひく動かしてみた。若い頃のようにはいかないが、勃起しているので何とかなる。

すると彼女は顔を横に傾け、獲物に飛びつく獣のように、狙《ねら》いを定めてぱくっと竿を咥《くわ》え込んだ。

逃がさないようにしっかり咥え直しながら、少しずつ先端へ移動していく。軽く歯を立てているところも、

「動物に嚙みつかれたみたいだ」

ふっと笑った彼女の息が、肉茎を熱く包み込んだ。

先端に達すると、亀頭にまで歯を立てた。あくまでも軽くだが、そんなことをする女はあまりいないので新鮮な感覚だった。

「おーい、食いちぎるのはやめてくれぇ」

小声の悲鳴でおどけてみせると、由貴は先端を呑《の》み込むように噛みついた。相変わらず手は使わないで、ペニスの反りに合わせて真上からがぶっといった。雁首全体がすっぽり口の中だ。

その首を絞めるように噛む力が強まってドキッとする。だが、そのままでいるとしだいに亀頭が膨張していった。

由貴は一転して舌と粘膜でぴったり包み、ぬらぬらと滑らせる。亀頭はさらに膨らみ、我ながら異様に感じるほど張り詰めていく。久々の感覚に気持ちが一気に沸き立った。

彼女は口腔を圧迫されてもほとんど苦にしていない。ゆっくりスライドして奥まで咥えながら、ぞろりと舌が蠢いた。表面が適度にざらついて、得も言われぬ心地さだ。

ぬめった摩擦感もさることながら、刺激的な吸引も加わって、快感がしだいに加速していく。

「さすがだね、気持ちいいよ。病みつきになりそうなフェラだ……」

うっとり囁くと、応えるように舌使いがさらに活発になった。俊雄も舌はよく動くが、彼女も実に巧みでかなりの経験が窺える。

おかげでペニスは年齢による衰えを忘れるくらいまで反り返った。フェラが巧みだからか、あるいはこの危うい情況がそうさせたのか。いずれにしろ紀子のときは、ここまで逞《たくま》しくはならない。再婚した当初は若い後妻に燃えたものだが、時間とともに新鮮さは失われてしまった。根は女好きなのに、最近は肉体的な衰えをしみじみ感じている。

ところが、これだけの勃起力が甦ったことで、どうやら認識を変える必要がありそうだった。人生、何が幸いするかわからないものだ。

俊雄は屈み込んでバストに手を伸ばした。香奈美よりは小ぶりだが、ブラジャーが薄くて肉の感触がもろに伝わる。

フェラのお返しのつもりでやんわり揉みあやすと、悩ましげに体をくねらせた。それでも口淫を中断することはなく、むしろ負けずにしゃぶろうとする。彼女もまた根っからの男好きなのだ。

揉みながら乳首の位置をさぐると、指先にぽつんと硬いものを感じた。触れた瞬間に由貴があえぎ、歯を立てられた。

「んっ……んんっ……」

すりすり円を描くと、気持ちよさそうに身をくねらせる。ブラの上からなのに、感度はなかなか良さそうだ。

試しに軽く摘んでみるとまた歯が当たり、抑え気味に甘い声が洩れた。性感ポイントとしてはかなり高そうだ。

しかし、それでフェラチオが疎《おろそ》かになるのはもったいない。あまり時間がかかってもまずい。射精欲もほどよく高まっているので、彼女の舌戯を愉しむ方が賢明だろう。

バストから手を離すと、由貴はすぐさま激しくしゃぶりだした。根元を摑んで竿をやや傾け、大きく頭を上下させる。

「おおっ、すごいな、これは……」

ねっとり舌をからめながら、強い吸引力でスライドさせる。音を立てないように気を使っているようだが、遠慮の要らない情況ならじゅるじゅる派手な吸着音が響きそうな勢いだ。

由貴はいったん吐き出して、ぬめぬめ光る肉竿をいとおしそうにさすった。亀頭は異様に膨張したまま、破裂しそうなほど表面が張りきっている。竿の下の方まで小泡たっぷりの唾液にまみれているが、俊雄の粘液も当然混じっている。

「すごいわ。こんなになってる……」

指先でエラをぐるりと辿り、先割れを擦った。

「きみのおかげだよ。最初は食いちぎられるかと思ったけどね」

「食べてみたい。コリコリして美味しそうだもの」

「よしてくれ。本当にやりそうだから怖いよ」

彼女はふっと笑みを浮かべ、いきなり噛みついた。

「……おいっ！」

思いのほか強かったので慌てて腰を引きそうになったが、噛まれたままそんなことをしたら危ない。

だが、冗談だとばかりにすぐ緩めてくれ、舌を密着させて頭が激しく上下に振れだした。

高まった射精欲は治まる暇も与えられず、頂上に向かって加速した。腰が動きそうになるのを堪《こら》え、彼女の舌使いと吸引を堪能する。

由貴は大きなストロークで舌を使うと同時に、竿の根元をしごいている。さらに片方の手が太腿を愛撫しながら尻へ這い、アヌスをさぐりはじめた。

素直にペニスが反応するので、すぐに弱味を握られてしまう。むず痒《がゆ》い心地よさが加わって、快感は一気に高まった。

「ううっ……イキそうだ。そろそろイクよ……いいかい？」

大きく頭を振っていた由貴は、途中で頷いて口で受けとめる意志を示した。

家のキッチンでまさか彼女の口に射精しようとは思わなかった。妻がベッドで安静にしていることを思ったとたん、甘美な衝撃に貫かれた。

「おっ……ううっ！」

洩れる声を低く抑え、腰を震わせる。

由貴は射精と同時にしっかり腰にしがみつき、腹部に額を押しつけた。一滴残さず吐き出させようと、亀頭の裏側に当てた舌をさかんに使う。

おかげで法悦の波は何度も押し寄せ、いつにない多量の精を撒き散らした。いや、搾り取られたと言う方がぴったりする熱烈な口淫だった。

膝ががくがくして蹌踉《よろ》けそうになり、シンクの縁に手をついて支えなければならなかった。

――そう言えば、立ったまま射精するのはずいぶん久しぶりだ。

快楽の余韻に身を委ねながら、妙なことを思い出した。

「すごいな。気持ちいいフェラだった。きみの舌はいやらしくて最高だよ」

素直に感想を言うと、由貴は満足そうに目尻を下げた。くちびるをしっかり閉じたままなので、キッチンペーパーを千切って渡すと、泡立った白濁液をどろどろ吐き出した。

「いっぱい出たわ。失礼かもしれないけど、正直言ってこんなに出るとは思わなかった」

「自分でもビックリだ。それだけ気持ちよかったってことだよ」

彼女も素直な感想を口にしたが、その通りだった。

少しすると由貴は急に立ち上がり、身なりを整えた。それで俊雄もけっこう時間が経《た》っていることに気づいた。

「気をつけてお帰り」

「ありがとう。コーヒー、ひと口だけいただこうかしら」

「ああ、そうだね。もう冷めちゃったけど」

客用のカップを使うまでもないので、いつも自分が使っているマグに注いで差し出した。由貴は軽く啜って、美味しいと言い、

「ねえ、香奈美ちゃんのことだけど、ホントにやっちゃいなさいよ。絶対に愉しいと思う。わたしが保証してあげる」

そう言ってもう一度コーヒーを飲んでから、いきなりキスしてきた。舌を入れ

ようと思ったら、先に彼女が差し入れて、一緒にコーヒーを流し込む。

意外に苦みが少ないのは、彼女の唾液で薄まっているからだろう。

——もしかして、微かにザーメンも残ってるのか……。

玄関まで由貴を送って戻ると、シンクの横に丸めたキッチンペーパーと口紅のついたマグがぽつんと載っていた。

残ったコーヒーを紅のついた縁から飲み、舌先でそれを拭き取った。

香奈美のことをけしかけておきながらキスしてきた彼女を、つくづく享楽的な女だと思う。

それにしても彼女がどうして香奈美をエロい女だと思ったのか、その理由が知りたかった。もしかしたら香奈美には、自分が知った以上にもっと意外な面があるのではないか、という気もする。

その一方で、由貴の舌の感触がまだペニスに残っていて、フェラチオだけでは物足りないものを感じはじめていた。

第三章　玩具の持ち主

1

仕事も家事もいっさいやめて安静を心がけたおかげで、妻は順調に回復しつつあった。いまは少しの時間だけ起き出して、あまり腰に負担のかからない家事を手がけている。

食事も手間の要らないものを選んで作ってくれる。弁当や店屋物には飽きたのでありがたいが、俊雄には買い物という新たな役割が加わることになった。

それでも紀子がリサイクルショップの仕事に復帰できるのはまだ先のこと。しばらくは小山内由貴と臨時で応援を頼んだ香奈美に任せるしかなかった。

俊雄は香奈美にも由貴にも会いたくて、妻が復帰する前に店に顔を出そうかと考えたが、二人が一緒にいるところではどうも具合が悪い。やはり、それぞれに連絡する方がよさそうだった。

その場合、もちろん香奈美が先ということになる。俊雄の気持ちの上でもそうだし、由貴と会うときには、香奈美とのその後の経緯を話せる方が愉しそうだからだ。

ただ、香奈美と二人で会う時間があるかということが問題だった。彼女が呼び出しに応じる可能性は高いと思っているが、勤務中にサボッてこっそり会うしか方法はなさそうなのだ。

合併交渉が進んで何かと忙しいこの時期に、そんな余裕があるだろうか。悩ましい現実を前に逡巡していると、立石が今週の土曜に取引先の担当者とゴルフに行くと知らせてきた。

その日、香奈美が店に出なければ、会うには絶好のチャンスだ。しかし、土曜はたぶん忙しいだろうから、少ない可能性に賭けるしかなさそうだ。そう考えて一日一日を過ごし、ようやく土曜日になった。

——そろそろかけてみようか。

俊雄は香奈美が休みであることを期待しながら、家に電話をかけようとしていた。彼の携帯番号は仲人をやると決まったときに教えてあるが、彼女の番号は知らないので家に電話するしかない。

だが、携帯を手にしたところで、タイミング悪く紀子が起き出して、植木鉢に水をやりはじめた。

「それくらい、おれがやるよ。さっき朝メシの片付けをしたばかりなんだから、もう少し休んでたらどうだ」

「ずいぶんやさしいこと言うのね。家事に慣れて、あまり苦にならなくなったのかしら」

「そうでもないけど。まあ、自分でやりたいならいいよ」

紀子は鼻歌を歌いながらベンジャミンやポトスに水をやり、室内の鉢が終わるとベランダに出ていった。

この隙にと、俊雄は携帯を手に寝室へ向かう。そのとき着信音が鳴った。

——なんだよ、こんなときに……。

誰だと思って見ると、名前ではなく携帯番号が表示されていた。何となく予感がして出てみると、案の定、香奈美からだった。

「久しぶり、でもないか。携帯に電話もらうの、初めてだね」

「ええ。ちょっとお話ししたいことがあって」

「なんだろう」

彼女の方からかけてきたことで、若い頃のように胸が高鳴るのを感じた。電話では話しづらいというので、呼び出すまでもなく会うことになった。

「お店の方はお休みをもらったので、よかったらまた家にいらしてください」

俊雄は何時に着けるかを追って知らせることにして電話を切った。彼女が言った〝また〟を深読みして期待を膨らませる。

——立石のやつ、八時半スタートだったな。ということは、昼までに出かければいいか。

抜かりなくゴルフのスタート時間を訊いておいたから、1ラウンドして帰ってくる時刻を推測できる。高速道が順調に流れたとしても、帰宅は三時半以降になるはずだった。

俊雄はちょっと本屋でもぶらついてくると、いつもの調子で家を出た。気が向いたら映画を観てくるかもしれないと付け加えたのは、携帯を切っておくための方便だ。

日が高くなるにつれて、気温はぐんぐん上昇している。道々、扇子でしきりに風を送りながら、香奈美が話したいというのは何だろうと考えた。以前から立石と拘束プレイをしていることを告白するつもりか、あるいは彼が不感症を疑っていることに関係しているのか。いずれにしろ香奈美がどうして嘘をついていたのかは知りたかった。

そして、由貴に見せた勃起力を再びという期待もあるが、あそこまででなくとも何とか役に立ってほしいというのが本音だった。

香奈美の家に着いて玄関に入ると、先日の記憶が鮮明に甦った。あの夜、俊雄が靴を脱いだときと帰りに履いたとき、香奈美はまったく違う女に変わっていた。いまはその変貌した女が目の前にいる。

「すみません、わざわざ家までいらしていただいて。外は暑かったでしょ」

「歩くのが嫌になるよ。でも、じっとしてても汗が出る」

浅葱色《あさぎいろ》のワンピースが俊雄の気を惹《ひ》いた。丈は膝まであっておとなしいが、素材は見るからに薄くて柔らかい。ストンと吊《つる》したようなシルエットに、バストと腰骨の出っ張りだけが浮き出ていて、それがよけいに隠れているウエストのくびれや下腹部の凹凸を想像させる。

「ずいぶん涼しげだね」

じっくり眺めても、香奈美は微かにはにかむだけで、真っ直ぐ立って俊雄に身を晒したままでいる。

「家にいるときは、いつもこんな楽な恰好なんです」

両手で裾をひらひらさせると、薄い生地が肌を滑って、太腿のむちっとした肉感と秘丘の微妙な円みが浮き彫りになった。

頭の中でワンピースを剝《は》ぎ取るのは簡単だ。しかし、下着姿より薄い布を一枚まとっていた方がセクシーに思えた。

「体のラインが出るから色っぽくていいね」

「だめですよ。そんないやらしい目で見ないでください」

「そう言われちゃうと、明後日《あさって》の方を向いてないとダメだな」

言葉と裏腹に、香奈美が来客用のスリッパを取って差し出すのを、なおもじっくり眺めていた。屈んだ瞬間、ショーツがTバックだとわかった。ヒップの円みが露わになり、その上部にTの形がくっきり浮き出たのだ。

部屋着なのだろうが、客を迎えるにしては無防備過ぎないかと思う。

——意識的にやってるのか……。

都合のいい方へ考えが向いてしまい、彼女の話がどんなものか、ますます興味が募った。

リビングに通され、ソファで待っていると、香奈美がトレーにビールとグラスを載せてやって来た。今日は俊雄の分だけだった。

「土曜は急しいだろうに、よく休めたね」

「由貴さんに訊いてみたら、遠慮しなくていいって言われました」

「そうか。ものわかりのいい人でよかったね」

そう言いながら、おそらく由貴は気を回してくれたのだろうと思った。

香奈美に注いでもらって一気に飲み干すと、体の芯がきゅっと引き締まった。

手酌でもう一杯注ぎ、ひと口だけ飲んでグラスを置く。

彼女はそれを待って口を開いた。

「ちょっとやってみたんです」

「そうか。ついにやってみたか。そいつはぜひ詳しく聞きたいね」

俊雄は咄嗟に話を合わせていた。すでに立石と拘束プレイを経験しているにもかかわらず、いまだにそれを隠しているので、自分も知らないふりで通すことにしたのだ。その方が面白そうな気がしたし、なぜ嘘を言ったのかを尋ねるのは後でもかまわない。

「それで、どうだった？　立石も歓んで燃えまくっただろう」

「ええ。まあ、祐介さんはそうですけど……」

「立石はって、香奈美さんはどうなんだ」

「正直言って、あまりよくなかったです」

なるほど、立石の懸念は当たっていたようだ。しかし、彼女はMっ気が強いはずなのにどうしてかという疑問は残る。

「そいつは変だな。だって、この前はあんなに感じてたじゃないか」

「そうなんです。だからどうしてなんだろうって。志野原さんにしてもらったのより、何ていうか、もっと本格的な感じだったのに、変ですよね」

「本格的か……」

立石は前々から興味津々で、研究熱心でもあったのだと想像がついた。やはり、伴侶《はんりょ》ができたことで実践に目覚めたというのが真相だろう。

「どんなことをしたのか、ちょっと話してもらえないか」

彼のことはともかく、どうして香奈美が拘束されても感じないのかが知りたかった。先夜の様子からしてもそれが不思議でならない。

「こことここに紐をぐるっと回されて……」

バストの上と下に紐を渡されて高手に縛られた様子を、香奈美は身振りを入れて説明する。

「それは、裸で？」

「……はい」

バストを搾られ、後ろで手首も固められたらしい。聞いていると〝本格的な感じ〟と言ったのも納得できる。

立石がいつもそうするわけではなく、ひとつの例を出したのだろうが、それにしても彼のマニアぶりが窺える。ビデオなどを熱心に見て学んだのか、あるいは密かにSMクラブに通ったのかもしれないという気もした。

「目隠しはしたの？」

「ええ。祐介さんがアイマスクを買ってきたので」

「なるほど。準備万端てわけだ」

無論、だいぶ前に購入してあったに違いない。先日はそんなものがあるとは言えないから、俊雄がタオルを使うのに任せたのだ。

2

「それから?」

「こんなふうにお尻を持ち上げさせられて……」

香奈美はソファの上でポーズを取ってみせた。それはまさに俊雄がやらせたのと同じ、尻を高く持ち上げて這いつくばる体勢だった。

「この前やったのと同じじゃないか」

彼女の嘘に合わせているので勘違いしがちだが、正しく言うとそれは逆で、立石がやらせたのと同じ体勢を俊雄も取らせたということだ。

「そのポーズでなにをされたの?」

「長い定規で、お尻を叩かれました」

裁縫で使う竹の定規を使ったらしい。気になって尋ねると、紐は先日と同じ腰紐だというから、〝いつもの道具〟を俊雄に教えたわけだ。

「叩かれてもあまり感じなかったのか。あるいは、全然よくなかったとか?」

ソファに頬を押しつけたまま頷いた。ご丁寧なことに彼女は、縛られてもいないのに後ろに手をやったままで再現している。あの夜、タンスから紐を取ってくるのを、目隠しを外さずに待っていた律儀さを思い出させる。

「おかしいね。この前は縛られただけで昂奮してたのに、どうしたんだろう。叩かれたのがよくなかったのか……」

突き出された尻をぽんぽんと叩いてみたが、香奈美は拘束された真似を続けている。ワンピースの下は裸の尻で、柔らかな肉の撓む手触りが何とも言えない。

おかしいな、どうしてだろうと呟きながら、俊雄は何度も繰り返した。

軽く叩いた瞬間、摑むように指を尻の割れ目に潜り込ませる。薄い生地を通して秘肉の溝に届くと、その部分はすぐに湿って色が変わった。

「あれ？　ここがシミになってる」

「ひっ……あぁん……」

ワンピースの上から指を食い込ませると、溝が割れて瞬く間に染みが広がった。

香奈美は悩ましい声を上げてヒップをくねらせる。疑似拘束のポーズを続けられなくてソファに手をついたが、それでもヒップは突き上げたまま、秘裂を玩弄《がんろう》するのに任せている。

「おやおや、大変だ。シミがどんどん大きくなっちゃう。これは捲っておいた方がよさそうだね」

「そんな……恥ずかしいですから……」

「そりゃ、恥ずかしいだろう。こんなハレンチな恰好してるんだから」

裾を腰の上まで捲って尻を剝き出しにしたが、恥ずかしいと言いながらもされるままだ。肉びらに挟まれた黒いTバックショーツは、タンスの引き出しを開けてこっそり見た中にあったもので、蜜を吸ってやはり変色している。

「香奈美さん、ずいぶんいやらしい下着を着けてるね。ここもすっかり色が変わってる」

「そんなの嘘です。変なこと言わないでください」

「嘘なもんか。ほら、こんなに湿ってるじゃないか」

食い込んだショーツを引っ張ると、濃く変色した部分が糸を引いた。淡い褐色の溝は、内側が艶やかな薄紅色でぬめ光っている。

肉びらを広げると穴に溜まっていた蜜が押し出され、指にまといついた。それを塗りつけるように、花びらを擦ってやる。

「ぐっしょり濡れてるのがわかるだろ？」

「はうっ……ああ……」

あからさまな言葉に反応して、秘裂はますます潤んでくる。拘束などされなくても、自ら羞恥を煽ってしまうようだ。

「縛られてもいないのに、こんなに濡れてるよ。立石にされたときは本当に感じなかったのか」

「ええ。自分でもよくわかりません。どうしてこんなに……あうっ！」

ぬらついた指でクリトリスをいらったとたん、香奈美はバネ仕掛けの人形のように、がくっと腰を撓らせた。

蜜が溢れて肉びらはとろとろに溶けそうだ。指でこねると、ぐにゃっと卑猥な形に歪む。

俊雄は秘裂にショーツを食い込ませ、敏感な肉の芽を擦り上げた。濡れそぼつ溝に埋もれた細布は、たっぷり蜜が付着して、水飴《みずあめ》の中をくぐらせたようになった。

「こんな紐みたいなパンツは意味ないから脱いじゃおう」

「だ、だめです……あぁっ……」

口では駄目と言いながら、脚から抜き取るときには膝を浮かせてくれる。

「こんなに濡れてるよ。見てごらん」

「……いやっ！」

捩れて細紐になった部分を目の前にかざすと、顔を伏せていやいやをする。俊雄はそれをソファの上に放った。顔を上げればすぐ目に飛び込む位置だ。

「ホントに濡れやすい人だ。ほら、簡単に指が入っちゃう」

最初から二本揃えて突き挿れた。ぴったり密着する粘膜を、奥まで抉って抜き挿しする。

「指をひくひく締めてるね。自分でもわかる？」

妖しく蠢いているのを教えてやり、指を止めると蠢動《しゅんどう》がよりはっきりした。

「や、やめて……」

香奈美は声を上げて首を振りまくる。

「やめてるじゃないか。ひくひくしてるのが、よくわかるだろう」

「そうじゃなくて……恥ずかしいから指を……」

「指を、なに？」

「う……動かしてください……ああっ」

恥ずかしいから早く快楽に没頭したいのだろう。言う通りにしてやると、香奈美は甘い声を上げて腰を揺すった。

俊雄はＧスポットを擦って小刻みな振動を送り込んだ。入口の肉の輪がぐいっと締めつけ、彼女の高まりを教えてくれる。指先のバイブレーションをさらに激しくすると、いっそう強い緊縮が始まった。

「イキそうだね。もう、イキそうだね……」

「ああっ、イ……イッ……」

くぐもった声とともに最初の軽いアクメがやって来て、入口がぎゅっと締まったままになった。腰はかくっ、かくっと間を置いて震え、それから力が抜けるようにソファに沈んだ。

俯《うつぶ》せ状態でも指はまだ香奈美の中にあり、粘膜が奥へ引き込むように痙攣している。ペニスの挿入感を想像させずにはおかない淫靡な動きだ。

俊雄の股間に変化の兆しはまだないが、ただ力がないというだけで、先日のように縮こまった状態ではなかった。これなら行けるかもしれないと思い、いや、あまり気負わないで楽に行こうと考え直した。

「いま、イッたね。ずいぶん早かったよ。こんなに簡単にイッちゃうのか」

あらためて反応のよさに感心させられるが、それだけに立石の言ったことがどうにも不可解だ。やはり稚拙なセックスなのかと思わざるをえなかった。

「どうしたのかしら。恥ずかしい……」

「なにを恥ずかしがる必要がある。感度がいいのは歓ぶべきことだ」

「だって、いやらしい女みたいだもの」

「いやらしい女のどこが悪い。男にとってはその方が好ましいのに」

「そんなの嘘。からかってるんでしょ」

「まさか。いやらしい女ほど魅力的なものだよ。香奈美さんはいい女だ。ここも最高だ」

蕩《とろ》けた膣をこねてやり、俊雄は彼女に覆い被さった。うなじにくちびるを這わすと顔を傾けてくれ、ごく自然にくちづけを交わした。

この前、途中で終わったことを思いつつ、舌を差し入れる。すぐに歯が開いて、中で彼女が迎えてくれた。舌をからめながら指を蠢かすと、思い出したようにすぐ収縮を見せる。軽いアクメでさらに感度がアップしたようだ。

「いまさらこんな言い方をするのもあれだけど、ちょっと立ち入ったことを訊いてもいいかな」

香奈美は戸惑い気味に、なんでしょうと小声で言った。

「いつも立石とするときも、こんなふうにイクのかな？　すぐにってことじゃなくて、ここがいっぱい濡れて、やっぱり強く締めつけたりするのかどうか」

具体的に問われて、彼女は頬を染めた。そして、言いにくそうに口を開いた。

「ここまですごいことには、なりません。もっと普通っていうか、あの……普通です」

「普通っていうのもよくわからないけど、とりあえずイクことはイクんだね」

香奈美は首を横に振った。少し間を置いてだったが、はっきり否定した。一度もないのか確認すると、申し訳なさそうに頷いた。

「驚いたな。まさかそこまでとは……」

俊雄はこの際だからと思って詳しいことを訊いてみた。躊躇いがちに答えてくれたところによると、立石はどうやら女体のツボをあまり心得ていないらしい。わかりやすいのが〝指マン〟で、感度の高い箇所をさぐることはしないで、しきりにピストンを繰り返すのだという。

「なるほど。コレがわかってないんだな、コレが」

俊雄はGスポットを圧して言う。圧迫と摩擦を繰り返すと、香奈美はとたんにあえぎはじめた。甘えるような声が鼻から抜けて、首が後ろに反った。

あまり続けると話ができなくなりそうだ。

「真面目過ぎてスケベな知識が足りてないのか。まったくしょうがないヤツだ」

「それだけじゃなくて……」

彼女がこうしてほしいと思っていることと微妙に落差があり、ある程度は高まるものの、頭打ちになってしまう。それがかえって生殺しの結果になり、結合しても彼だけがイッて終わるのが常だという。

例えば香奈美は乳首を強く噛んでほしいのに、もうちょっと、というところで遠慮してやめてしまう。

「だったら口で言えばいいだろう、もっとこうしてほしいんだって」

ワンピースの上からバストを摑むとノーブラだった。硬い尖りが指に触れ、摘んで強めに捻ると香奈美は大きくのけ反った。

「ああん……で、できません……そんなはしたないこと」

なんて女だとため息を吐《つ》きたくなる。いまどき珍しいくらい慎み深いとは思っていたが、そこまでだったとは。

年齢相応の性体験をしていないせいなのか、そういう性格だから体験が乏しかったのか、原因と結果は何とも言えない。感度がいいのに、もったいないことだ。

――でも、バイブオナニーはしてるんだよな……。それははしたないことだと思ってないのか？

素朴な疑問をぶつけてみたいが、俊雄の中の何かがそれを止めさせた。バイブを発見したことはまだ伏せておく方がいいという囁きが聞こえる。

「縛られたときはどうだった？　それならテクニックは関係ないから、この前みたいに気持ちが昂ぶってもいいはずなのに」

「わかりません。どうしてこの前と違ったのか」

この場ではお互いそういう言い方になるが、俊雄がやったときと違って、いつもは縛られてもあまり昂奮しないということだ。

「変だよな。もういっぺんやってみたら、なにかわかるだろうか」

耳元で誘いをかけると、香奈美は顔を紅くして黙り込んだ。期待しているのがありありとわかる。

「じゃあ、紐を取ってこよう。アイマスクも買ったって言ってたね」

しまってある場所を聞いて、寝室へ取りに行く。紐とアイマスクを手にすると、ついでに例のバイブをこっそり持ち出して、尻のポケットに突っ込んだ。

目隠ししてからそれを使えば、香奈美は見つけられたことに驚いて羞恥を募らせるに違いない。さっきバイブのことを言おうとして思いとどまったのは、そんなふうに使えることを、無意識のうちに心得ていたのかもしれない。

3

「どんな感じ？　やっぱり不安な気持ちになる？」

「それほどでもありません。平気です」

アイマスクをした香奈美は、口で言うほど平静ではなく、そわそわ落ち着かない様子だ。捲られたワンピースを元に戻してソファに座っているが、ゆったり楽な姿勢ではなく背もたれから離れている。

「目隠しもさすがに三回目ともなれば、多少は慣れるのかな」

白々しいことを言いながら髪や肩を撫でると、ぞくっと震えて肩を竦めた。この前もそうだったが、視覚が遮断されて他の感覚が鋭敏になっているのだ。

さらに二の腕をさすり、その手をノーブラのバストに這わせたとたん、

「あっ……」

香奈美のくちびるから小さなあえぎが洩れた。

「家ではいつもノーブラ？」

「そんなことないけど、暑いときはたいてい……」

「夏はこのへんが汗ばんで大変だろう」

「え、ええ、でもまあ……」

双丘の下側から谷間にかけてをさすって、そのまますっぽり手に収める。柔肉はむにっとしてプリンを思わせる手触りだ。やんわり揉みあやしても、彼女はされるままでじっとしている。

「それほど垂れてはいないので……汗が溜まるほどでは、なっ……」

尖った乳首を爪で弾くと、身を屈めて両腕で庇《かば》う。だが、俊雄が何も言わなくても元の姿勢に戻った。

「この下はもう、なにも着けてないから、汗ばむほどじゃないのかな」

脇腹から腰骨を辿って太腿へ手を這わしていった。薄い生地を通して、むちっとした肌の張りが伝わる。両腿をさすりながら親指を内腿にしのばせると、香奈美はわずかに顎を浮かせ、くちびるをあえがせた。

だが、ぎりぎり秘部の近くまで指を進めながら、思わせぶりに揉みさするだけで離れてしまう。くちびるを開いたままあえぎは止まり、代わりにせつなそうにため息が洩れた。

その手を太腿から膝まで撫で下ろし、両脚をめいっぱい広げさせた。

「あっ……！」

いきなりのことで驚いたようだが、ワンピースの丈が長いので太腿はほとんど隠れている。手を離しても、香奈美は両手をソファについて、大きく脚を開いたままだ。

俊雄は裾を摑んで、上に下にパタパタ煽って股間に風を送り込んだ。

「こうすると少しは涼しいんじゃないか」

「……ええ、少しは……」

香奈美の答えは戸惑い気味だ。ショーツはもう脱がしたから、股間がもろに外気に触れている。裾の煽りをだんだん大きくしていくと、白い内腿の中心に淫花がちらちら見えてきた。

香奈美も気にして裾を押さえたそうにするが、手を伸ばしかけたのに引っ込めてしまった。そのうちに漆黒の秘毛に囲まれた淫花が全貌を現し、彼女も明らかにわかっていながら、それでもなお隠したいのをじっと我慢している。

この恥ずかしい状態を甘んじて受け容れようという、その健気な様子に俊雄はそそられた。これならわざわざ紐で拘束することもなさそうだ。むしろ、手脚を自由にしたまま、彼女の意志で羞恥に耐えてもらった方が、より烈しい昂奮を誘うに違いない。

「いっそこうした方が涼しそうだね」

「あっ！」

ワンピースの裾を胸まで持ち上げると、香奈美はハッとして脚を閉じようとした。だが、途中で思い留まったので、裸の乳房から大股開きの秘部までが丸見えのままになった。

「閉じちゃうのはもったいないな。もっとよく見せておくれ」

「でも、こんなの恥ずかしすぎます」

「その方がいいんじゃないか。きっと昂奮してグショ濡れになるよ。すでにかなり濡れてるけどね」

肉びらが開いて艶光りしているが、濡れ色が鮮やかなことからすると、さっき指でイカせた後に滴った蜜に違いない。アイマスクをして無防備な姿を晒すことになり、新たな羞恥に苛まれているのだろう。

というより、恥辱的な情況を自ら選んだと言っていい。香奈美は言われた通り、震える脚をゆっくり開いていった。

「その調子だ。思いきり広げて見せておくれ」

「ああ……こんなこと……」

せつないあえぎを洩らし、元のように大股開きになった。それを眺めながら、彼女が立石に縛られてもあまり感じない理由がわかった気がした。立石はおそらく自分本位なだけで、彼女の羞恥を煽ろうという意識が欠けているのだろう。それがいかに効果的かを知らないのだ。

「いいね。まさに満開だ。もうちょっと浅く座ってみようか。その方がよく見えるから」

「……こうですか」

恥ずかしすぎると言いながら、素直に浅く座り直して背もたれに体を預ける。おかげで肛門まで晒すことになった。捲り上げていたワンピースをたわわな乳房の上に載せると、引っかかってそのままになった。

「おお、素晴らしい眺めだ。なにもしてないのに、見てるだけで汁が溢れてくる。尻の穴まで滴りそうだよ」

「そんなに見ないでください……もう、おかしくなりそうです」

しゃがんで間近に陣取ったが、彼女も声で俊雄の体勢がわかるはず。二十センチほどの近さで秘苑を覗き込まれ、腰をもじもじさせている。

「ひくひく動いてるけど、自分でやってるわけじゃないんだろう？」

「やってないです、そんな……」

香奈美は腰を振って悶えるが、大きく開脚した状態は保っている。秘部を晒し続けることを自らに課しているのだ。やはり縛らないままで正解だった。

「クリトリスがずいぶん大きいね。皮がすっかり剝けてる。まるで擦りすぎで腫《は》れたままになったみたいだ」

「そ、そんなことしてません。わたし、そういう女じゃ……」

「べつに自分でしてるなんて、ひと言も言ってないけど？」

バイブオナニーをするくらいだから、指でもかなりやっているに違いない。焦って否定して墓穴を掘った香奈美は、身も世もないといった風情で顔を背けた。溜まった蜜が糸を引いてアヌスへ滴り、さらにソファにまで垂れていく。その様子を実況してやると、いっそう激しく身悶えた。

「もしかして図星だったのかな。本当は自分でいじるのが好きだとか……」

「ち、違います……」

「好きなら自分でやってもいいんだよ。じっくり見学させてもらうから」

「そ、そんなこと、できません……いやです」

俊雄はできるだけ言葉で煽るつもりで、触りたい、舐めたい欲求を抑えているが、匂いを堪能しようと顔を近づけた。腐臭に似た乳酪臭は、この前より濃く感じられた。普段の慎しみある彼女とのギャップを思いながら深く吸うと、胸がぞくぞくする。

「やらないと、なにもしてあげないよって言ったら？」

「どうしてそんなイジワルを……ああ、もう……」

焦れたように香奈美の手が伸びて、下腹から内腿のあたりを撫でさすった。秘処に触れたいのを堪えて、肉びらのぎりぎりや秘毛をしきりに擦っている。淫花が捩れて、見るからに卑猥だ。温かな息を吹きかけると、香奈美はますます焦れてしまい、爪を立てて秘毛を搔《か》きむしった。

「もう……イジワルしないで……な、舐めて……ください」

「どこを舐めてほしいのか、言ってごらん」

彼女の口から卑猥な言葉を聞きたい。だが、クリトリスを示すばかりで言おうとしない。それでも焦らし続けると、

「もういやぁ……ここです……ここを舐め……て」

露出している肉芽をさらに剝いてせがんだ。淫猥な仕種に俊雄も我慢できなくなり、大粒の突起に舌を伸ばした。

「ああんっ！」

びくんっと腰が跳ねて、太腿も震えた。間を置いて舐めるたびに反射的に躍動して、まさに官能スイッチそのものだ。舐め続けると電動玩具のように動きが止まらなくなる。ソファの縁をぎゅっと摑み、腰を上下に何度も躍らせた。

「あっ……あんっ……あんっ……」

よがり声は甘い響きになって鼻から抜けた。

溝を浚《さら》うと酸味が舌を刺して、ぴりっと痺れた。淫臭もさらに濃くなっている。匂いも味もこれだけ濃い女は、俊雄の経験からすれば多淫である。だが、彼女は男性経験が浅そうだから、欲望をほとんど自分で慰めていたのだろう。

見た目で淫情が深そうな女はけっこういるが、香奈美のように外見を裏切る方がそそられる。彼女が自分で指を突き挿れるのを想像しながら、たっぷり湧き出た蜜を舌で掬い、派手に音を立てて啜った。

よがり声が悩ましげに揺れて、香奈美は腰をくねらせ、強く摑んだソファまで揺らす勢いだ。俊雄は太腿を押さえたが、それでも腰が暴れるので、秘肉が鼻や顎を擦って淫臭まみれになってしまう。

と、ペニスがじわっと熱を持っているように感じられ、握ってみるとやや太くなっていた。芯が通りそうな気配だ。香奈美の匂いと味が活性剤になったのかもしれないが、少なくとも前回のようには緊張していない。これなら何とかなりそうだと、安堵《あんど》の思いでクンニを続ける。

「舐められるのが好きなんだね」

「……んむぅ……」

香奈美はくちびるを引き結び、声を殺して頷いた。

「いじられるのも好きだね」

「んむっ……んっ……んあっ、ああん……」

のけ反りながら何度も頷くと、また喜悦の声が上がった。

俊雄は指を二本揃えて挿入し、クンニと並行して攻めたてた。すでに粘膜は妖しく蠢いており、待ちかねたように奥へ迎えてくれた。

「中が気持ちよさそうに動いてる。自分でするときも、指を挿れるのかい」

「ああ、もう……いや、そんな……」

「挿れるんだね」

「……はい……い、挿れます……ああん、もういやぁ……んんんっ！」

ここを擦るんだね、と言って入口付近のざらついた部分をさぐると、うんうんと何度も頷いた。さらに敏感な肉の芽を吸い、尖らせた舌で強く弾いたりもしながら、オナニーを白状させる。

「これも擦りまくるんだね」

「……はい。こ、擦りまくるんです」

「いやらしい女だ」

「あああっ……い、いやらしい、女です……」

とうとう箍が外れて、自慰癖を隠さなくなった。しゃべることで昂ぶりに拍車をかけているのは明らかだ。

「立石では駄目でも、自分でするとイッちゃうのか」

「いやぁ……ああ、いやっ……」

激しく首を振ってイヤイヤをする。彼女の性格からすると、オナニーで快感を得る自分をいやらしいと羞じる気持ちが強いのだろう。

「もうダメ……ああん、イッ……イイーッ……」

搾り出すように声を上げ、下半身の震えががくっ、がくっと大きくなった。

「……クゥ……うう……あうっ！」

両脚を突っ張らせ、腰を迫り上げて固まった、と思うと二、三秒で力を失い、ソファに沈み込んだ。さっきよりも烈しいアクメだった。

俊雄はべたついた口の周りを舐め回し、ふっと大きく息を吐いた。ペニスはまた少し元気になってきた。

4

「指よりもっと太いモノを挿れてほしいんじゃないか」

ソファの背にもたれている香奈美に囁くと、耳元に温かな息がかかり、狂おしげに体をくねらせた。

「わたしのを挿れてあげようか」

ペニスはようやく芯が通りそうな気配で、挿入はまだ難しいが、ねっとりした声で誘いをかける。尻ポケットからバイブを取り出すと、わざと音を立ててベルトを外し、ジッパーを下げた。自身の逸物と偽って挿入するつもりだ。

バイブを発見されたことすら知らない香奈美は、何か言いたそうにくちびるを開くが、言葉にならない。だが、視覚を遮断され、気配にも敏感になっているはずだから、偽装に念を入れなければならない。ブリーフを下げて実際に下半身は裸になった。

白く濁りはじめた淫汁を亀頭に塗り、にちゃにちゃ握り込む。今日は可能かもしれないという予感が手指に伝わった。

「指だけじゃ物足りないだろう」

あらためて両脚を開かせ、その前に腰を据える。合体の体勢を装って、疑似男根の亀頭部分をそっと淫裂に触れさせた。

「コレを挿れたらもっと気持ちよくなれるけど、どうする？」

「あっ……ああ……」

香奈美はせつない声であえぎ、蜜壷にバイブの先端をあてがうと、くちびるを引き結んで挿れられる瞬間を待った。

だが、ほんの軽く圧しただけで挿入はしない。つん、つんといまにも突き挿れるぞといった仕種を見せながら、

「挿れてほしいかい。もう、こんなに硬くなってる。これがほしいだろう」

しきりに誘い水をかけると、香奈美はなかなか入ってこないのに焦れて、秘処

を自分から押しつけてきた。それでも俊雄が退いてしまうと、とうとう我慢できなくなった。

「イジワルしないで……い、挿れてください。ああ、挿れて……」

「ちゃんと言えるじゃないか。じゃあ、挿れるよ。立石を裏切ることになってもいいんだね」

「い、いいです……もう、どうなってもいいんです。早く挿れて……」

瘤《こぶ》のような先端が入口を潜るまでじわじわ圧して、あとはずずっと奥まで衝き挿れた。器具を通して粘膜のぬめりを感じると、ペニスが甘く疼《うず》いた。

「あっ……ああんっ、すごい、大きい……」

「香奈美さんがいやらしい女だから、こんなビンビンになったよ」

「硬いわ……とても硬い……ああ、太くて硬いのが……入ってる……」

日頃愛用のバイブと気づいてなければ、この太さ硬さに圧倒されるのも無理はないが、自ら口にすることで昂奮を煽っている。淫らな言葉を発しながら自慰をしている様子は容易に想像できた。

ゆっくり抜き挿ししているだけで、香奈美は背を反らして悶えはじめた。断続的に滑りが悪くなるのは、膣が収縮するからだ。

だが、彼女が妙だと訝る前に、これがバイブであることを知らせてやりたい。その方がより烈しい羞恥に襲われるだろうと思い、奥まで深く挿れたところで抽送をやめた。バイブレーションのスイッチを入れると、

「ああっ、なっ……なにコレ……いやぁ……！」

香奈美はすぐに情況を理解して、激しく身悶えた。首を振りまくり、身を捩り、やたらソファを掻きむしろうとする。

「なにって、日頃ご愛用のモノじゃないか」

「なんで……いやっ、なんでこんな……」

アイマスクを取ってやると、股間に埋まった疑似男根を見て狂乱の体に陥った。身悶えはさらに激しく、顔を歪ませて陶酔を露わにする。俊雄は抜け落ちないように押さえなければならなかった。

「いつもこれでオナニーしてるんだろう。立石はバイブなんて使ったことないって言ってたな。こんなものを隠し持ってオナニー三昧《ざんまい》だって知ったら、さぞかし驚くだろうね」

両脚を持ち上げてオムツ換えのポーズにさせると、バイブが突き刺さった淫裂に目が行って、弾かれるように顔を背けた。

「いやぁ！　やめて……こんなの、いやっ！」

口では嫌だと言いながら、自分がどんなに恥ずかしい姿をしているか、見ずにはいられないのだろう。ちらっとバイブに目をやって、また髪を振り乱してますます蕩けた表情になる、そんなことの繰り返しだ。

電動淫具が天井を向くような屈曲体勢にしているが、放っておくと膣の収縮が強くて抜け落ちそうだから手を離せない。

俊雄の目に映るのは、陶酔する香奈美の顔とバイブを呑み込んだ淫裂が並ぶツーショットだ。ＡＶビデオでも観ているようだが、これは紛れもなく立石の妻の恥態であり正体だった。

黒い淫具は白濁した蜜が薄い膜になって付着している。溢れた蜜は肉びらの周囲だけでなく、肛門のさらに下まで広がっている。俊雄は褐色のすぼまりを揉み擦って、滑りをよくした。

「ダメッ……そこはいやっ。汚れてるからダメ……」

「そうかな……」

擦った指を香奈美に見せつけるように嗅《か》いでみるが、女の匂いだけで排泄の残臭はなかった。鼻を鳴らして直接肛門を嗅いでも同じだった。

「全然匂わないよ。しっかり拭いてあるか、それともシャワーを浴びたんじゃないのか」

「シャワーは浴びたけど……」

「だったら汚れてないだろう。舐めても平気だね」

「いやぁ！」

淫蜜を舐め取るようにアヌスをくすぐると、脚が宙を蹴《け》って暴れた。両腕でそれぞれ抱えて押さえ込むが、手を離した隙にバイブがにゅっと押し出されて落ちそうになる。それを抜いてアヌスにあてがうと、香奈美は腰を戦慄《わなな》かせて悩ましい声を上げた。

「あううっ……あうん……」

「こっちも気持ちいいようだね。挿れてみようか」

「やめて……そんなの入らない、絶対入らない……ダメダメ！」

いきなり太いバイブが入るはずはないが、本気と見せかけて強く圧しつけると、気持ちよさそうに蜜壺がきゅっと口を閉じた。挿入は無理でも性感ポイントとしては充分らしい。

俊雄はバイブを膣に戻し挿れ、アヌスを揉みほぐしながら、少しずつ中指を潜り込ませていった。

「それはいや……やめて、挿れないで……ああん、もういやぁ……」

「そんなこと言っても入っちゃうよ、ほら」

最初は固いシャッターをこじ開けるようだったが、先端が沈み込むと何とか入っていく。

そういえば最後にアナルセックスをしたのはいつだろう、と俊雄は妙なことに気持ちが向いた。紀子が嫌がるのでやったのは先妻と浮気相手だが、浮気そのものをしばらくしていない。男として衰えを感じるようになっては、肛門挿入はもう難しいだろうとも思った。

第二関節まで押し込んだところで、抜き挿しを試みた。だが、括約筋の強い緊縮に遭ってスムーズには動かない。それでも肛門に指を突っ込まれた恥ずかしさは、言葉を失わせるほどらしい。口をぱくぱくあえがせるだけで、詰《なじ》りもしなければ、やめてとも言わなくなった。

「こっちはまだバージンを守ってるみたいだね。立石は挿れたがらないのか」

香奈美は言語道断といった様子で首を振る。

指を抜いて鼻先にかざすと微かに匂った。それでも体外に排泄された便ほど臭くはなく、もう少し嗅いでいたいと思わせる微妙なところがあった。

指を抜いたままなので、何をしているのかと思ったのだろう、香奈美が顔を上げてこちらを見た。その直後、

「いやあっ！」

羞恥の悲鳴とともに両手で顔を覆ってしまった。かくかくっと腰が震え、唸《うな》る電動淫具が膣から押し出された。香奈美はそのままぐったり横向きになった。

「またイッたのか……。本物を挿れる前にもう一回とは思ってたけど、こんな簡単にイクとはね」

肛門の匂いを嗅がれたことが引き金になったらしい。性的な羞じらいが強いにしても、これほど快楽に結びついているとは思わなかった。

抜け落ちたバイブを横に置くと、香奈美を起こして後ろ向きにさせる。背もたれに伏せて、膝立ちで尻を突き出す体勢だ。この位置なら立ったまま挿入できる。

ペニスはまだ五分勃ちになっていないが、ぬめった淫裂に擦りつけているうちに可能になるだろう。態勢を整えるには、正常位で覆い被さるより遥かに楽だ。硬くなって即挿れるのにも、この方が適している。

「今度はちゃんと本物を挿れてあげるよ」

「……お尻はいやっ」

「大丈夫。そんなことしないよ」

どうせ無理だろうから、とは言葉にせず、亀頭で淫裂の谷間を擦った。心地よいぬめり感が媾合《こうごう》の愉悦を想像させるので、気が逸《はや》りそうになる。心を落ち着けて谷間をさぐり、亀頭の表にも裏にも白蜜を塗りつけていった。

卑猥に撚《よ》れた肉びらをさらに歪ませて、クリトリスに触れたり蜜穴を窺ったり、じっくり時間をかけて勃起するのを待った。

「こんなにぐちょぐちょにして……中はさぞかし気持ちいいだろう。指をくいくい締めつけてたからな」

「恥ずかしいこと言わないで、お願いします、早く……」

「焦ることはない。時間はまだたっぷりあるよ」

「だって……もう待てないんです。あっ……」

香奈美はまださっきの余韻が残っているようで、空いている手で尻や太腿をさすってやると小さな震えが走った。

だが、俊雄はなかなか挿入態勢に入れない。いまひとつ勃ちが悪く、芯がしっかり通りそうで通らないのだ。試しに秘穴にあてがって圧してみたが、負けて逸《そ》れてしまった。

また駄目なのか、という思いが脳裡をかすめた。由貴に触られたときは容易に勃ったのにどうしたことかと訝り、焦りは禁物だと心を落ち着ける。

「ああん……そんなに焦らさないで……」

香奈美が股の間から手を伸ばし、肉棒に添えて迎えようとした。それで俊雄がまだ充分でないことを知った。

「……」

振り返った彼女は、何を言おうか躊躇っている。気を使われているようで、そんな顔をされたらこっちが困ると思ったが、現実は俊雄が感じたのと微妙にズレていた。

「あの……ちょっといいですか」

香奈美は遠慮がちに言うと、ソファから下りて床に跪《ひざまず》いた。ペニスを手にすると、上気した顔でしげしげと眺める。それがしだいにいとおしげな表情になって、やさしい手つきで握っては緩め、握っては緩めを繰り返した。

「それは……気持ちいいな」

「こんな感じでいいですか」

「ああ、最高だ。なんとも言えない気分だ……」

甘やかな感触に包まれて、血流が肉棒に溜まっていく。手慣れた刺激ではなく、遠慮がちに握るのがかえって心地よかった。

5

ペニスはほどなく芯が通って、期待通りに硬くなっていった。香奈美の顔に驚きの色が浮かび、ゆるゆるしごきはじめると喜色に変わった。

「もう大丈夫だよ」

香奈美の肩をちょんと押して、もう一度結合体勢に戻ろうとしたが、彼女はペニスを握ったまま腰を上げない。

「ちょっと、口でしてもいいですか」

「ん……そ、そうか……舐めてくれるのか」

勃起すればそれで充分と思っていたが、またも気持ちがズレていたようだ。もちろん良い方に事が進むのだから異存はない。

おもむろに香奈美の口が開いて、ピンクの舌が伸びた。亀頭の周りをくるりと舐めて、裏の筋をちろちろやる。さらに幹の裏や横も舐めてくれる。巧みな舌使いとは言えないが、丁寧に辿っていくあたりに気持ちが表れている気がする。

舌全体ではなく先だけで舐めるところをみると、

——立石のやつ、ちゃんと教えてないんだな。

これはフェラの仕込み甲斐《がい》がありそうだと、俊雄はほくそ笑んだ。自分から言いだしたくらいだから、教えればどんどん巧くなるに違いない。

「亀頭の裏側をべろべろやってくれないか。舌全体をぺたってくっつけて」

自分の舌を出してやり方を示し、香奈美がその通りに真似る。

「そう。それが気持ちいい……。ああ、いいね……」

うっとりした声で言うと、香奈美は積極的になった。最初と同じところを舐めても、動きが大きくてスムーズだ。

舌を尖らせて先端の割れ目をちろちろやったり、エラの周囲を辿るように教えると素直に反応し、前に教えたことを組み合わせて多彩な動きを見せるようになった。

「巧いなぁ。すごく気持ちいい。香奈美さんはフェラチオ名人になれる素質がありそうだね」

「いやです、そんな……名人だなんて」

照れくさそうにはにかむが、満更ではない様子だ。部下にはいつも厳しいことを言い、たまにタイミング良く誉めてやる術を心得ているが、自らはしたない女だと告白した香奈美は、乗せればいくらでも淫らになりそうだ。

「謙遜なんかしなくていいから、すっぽり咥えてみてくれ」

香奈美はこくんと頷くと、亀頭を口に含んでアイスキャンディーをしゃぶるように出し入れする。さすがに動きはきごちないが、気持ちは一所懸命で、鼻息が心地よく性毛をくすぐった。

「さっきみたいに舌をぺたっとつけて、しゃぶりながら動かしてごらん」

「んんむっ？」

こうですかと言ったのか、くぐもった声を発して舌が蠢いた。密着したざらつきが裏筋を這い、甘い痺れがじわじわ高まっていく。

「そうだよ、それがいい……ああ、いい気持ちだ……」

うっとり髪を撫でてやると、舌はさらに果敢な動きを始めた。その分だけ首の振りが緩慢になると、自然に俊雄の腰が動きだした。

「手を離して……」

香奈美の手を取って根元から離し、緩慢になったストロークを腰の動きでカバーする。最初は香奈美の首振りとズレがちだったが、合致してからは共同作業の感が出てきた。

彼女はいっそう熱心に舌を使い、鼻息もさらに荒くなった。俊雄は両手を摑んだまま腰を動かし、イラマチオの気分にひたる。

「ああ、いいね。これは最高だ……いいぞ、香奈美さん……」

肉竿の反りが強まって、わずかに射精欲が兆した。

「そろそろ出そうだよ。このまま出してもいいかな」

まだ切羽詰まったりはしないし、もちろんこのまま放出する気もないが、射精間近を装って勢いよく腰を突き上げてみたい気持ちに駆られた。

香奈美は首を振って否定する。俊雄がやめないでいると、首振りは訴えるように激しくなった。縦の動きに横滑りの摩擦が加わり、快感はさらに増幅して突き上げが勝手に速まった。

「んっ……んむうっ……！」

香奈美はとうとうペニスを吐き出して、詰るような目で俊雄を見た。

「口にじゃなくて、ちゃんとしてください」

「そうか。じゃあ、どんな体勢で挿れてほしいか、自分でやって見せてくれ」

「自分でって……」

好きな体位でいいと言われ、彼女は考えを巡らせる。勃起が弱まらないうちにと思うのか、屹立《きつりつ》したペニスをちらちら気にしている。

ソファに腰を載せ、いったんは横たわって正常位を求めたが、脚を開かないと駄目じゃないかと言うと、さっきと同じく後ろ向きで膝をついて尻を突き出した。

「バックがいいんだね」

「ええ、これで」

「じゃあ、挿れやすいように自分の手で広げるんだ」

尻肉を両手で摑ませると、躊躇いがちにではあるが広げてみせた。淫蜜が乾いてきたのではないかという懸念は無用だった。奥から新たに滲み出て、相も変わらずぬかるんでいる。

唾液にまみれたペニスをあてがうと、蕩けた肉がにちゃっとまといついた。

「おかしいな。さっきより濡れてないか」

「そ、そんなことありません……」

「こんなにグチョグチョだよ」

亀頭で叩いてぺたぺた音を立てると、香奈美は背もたれに顔を伏せてしまった。

肉びらやクリトリスを強く擦り回して、ぬかるみの感触を味わう。ついでにアヌスに押しつけると、尻肉がきゅっと引き締まった。

「あっ、そこは違う」

「そんなにいやなのか。触ったときは気持ちよさそうだったのに」

「だって、そんなことするのって変態でしょ」

「それじゃ、世の中変態だらけだな」

「……」

肉溝に戻ると尻の緊張が解けた。もっとよく広げるように言うと、花びらを指で開いてみせた。その指先にも亀頭を擦りつけて、大きな円を描く。

「焦らさないで、早く……お願い……」

「コレがそんなにほしいのか」

「ああん、ほしい……ほしいです」

香奈美は思いきり甘えた声でペニスを求めている。俊雄も早く突き挿れてひとつになりたいが、その声を聞くともっと焦らしてやりたくなった。先端を秘穴に

あてがい、軽く圧して入口が開きかけたところでやめると、

「いやぁ……イジワルしないで、早く挿れて、お願い……」

せつない声で必死に訴えた。それでもまだ圧したりやめたりを繰り返すと、不意に香奈美が呻くように声を搾り、尻をぐっと押しつけてきた。それだけで亀頭があっさり肉壺に呑み込まれ、俊雄も本能的に腰を突き出していた。

「あああっ……あん……」

我慢できずに自らペニスを受け容れた香奈美は、さらに腰を揺すってピストン状態に持っていく。

俊雄は抜き挿しをあえて抑え、腰を突き出したままその様子を眺めた。彼女の羞恥心の強さは充分過ぎるくらいわかっているから、無心に快楽を貪《むさぼ》る姿を目《ま》の当たりにすると、何か特別な絆《きずな》で結ばれた気がした。はたして夫の立石の前でこんな姿を晒すだろうかと思うのだ。

とうとう部下の妻と肉体関係を持ってしまった、という思いはその後からやって来た。背徳の意識はいつになく強かった。

だが、これまでの不倫体験と趣が違うのは、何よりも〝浮気〟という感覚が乏しいことだった。

――本気で好きになったのか。この歳でまさか……。

するとしばらく眺めているつもりだったのに、腰が勝手に動きだしてしまった。ぬめった粘膜は、妖しく蠢いて実に気持ちがいい。しかも、若い肌は瑞々《みずみず》しく、どこもかしこもすべすべしている。尻も腰も太腿も、素晴らしい触り心地だ。

「あんっ……あんっ……あんっ……」

律動に合わせて香奈美のあえぎ声が上がる。ソファの背にしがみつく手には筋が浮いていた。

俊雄は角度を変えながら膣壁のあちこちを擦り続けた。どこをどういう角度で突き込もうと、粘膜がぴったり吸着して甘美な摩擦感を生んでくれる。

入口も断続的に強い収縮を繰り返し、ペニスはいっそう硬く反り返った。弓状に反るなんてもうありえないと思っていたが、こんなに逞しい勃起は本当に久しぶりだ。

「素晴らしいな、香奈美さん。あっちもこっちも、いやらしく締めてくる。自分でもわかるだろ……ほら、また締めてる」

「いやん、そんなこと……ああん、もう……」

「おお、たまらん。なんて気持ちいいんだ」

いつもなら抽送にひと息入れると中折れを心配しがちだが、そんなことは完全に意識の外だった。妻のときとこれほど違うのは、香奈美の体が若いとか初めて関係を持てたとか、どうもそういうことだけではないような気がした。

俊雄はかたわらのバイブを手に取ると、スイッチを入れてアヌスにあてがった。とたんに膣が収縮して肉棒を搾り上げる。

「あううっ……ううっ、うんっ……」

「おお、すごい、すごい。締めてる、締めてる」

割れ目を広げてアヌスに強く押しつけると、緊縮感もいっそう強まった。突き込みが速まって、緩やかに上昇していた快楽に勢いがついた。射精欲が再び兆してみるみる高まっていく。

一度射精したらそれっきり、二回続けられる精力はないから、なるべく長くつながっていたいが、もうそんな余裕はなかった。

「行くぞ、香奈美さん……中でイッてもいいかい」

「ああん……あん……あうっ……」

あえぐばかりで答えることができない彼女は、何度も頷いて安全日を知らせた。

肉壺が間断なく締めつけるようになり、俊雄の突き込みもさらに激しく、頂上の快感を求めて制御不能のスパート状態に入った。

「おお、イクぞ。イクぞぉ……！」

「ああん、いっ……いいいっ……あああーっ！」

ペニスは収縮に抗うように大きく脈動した。熱い塊が噴き出て膣奥を叩く。それが二度、三度と続き、眩い光の中を浮遊する感覚が続いた。

鮮烈な快楽は、やがて余韻を引いてゆっくり後退しはじめる。俊雄は急に気怠《けだる》さを覚え、香奈美の中から抜け出てソファにもたれた。白く薄化粧したペニスもゆっくり力を失い、項垂《うなだ》れていく。

香奈美もぐったり寄りかかるようにソファに崩れた。その重みを心地よく感じて、そっと抱き寄せる。

彼女は放心の体で荒い息を繰り返していたが、おもむろにペニスに手を伸ばすと、いとおしそうに握り込んだ。

第四章　心地よい舌ざわり

1

「バイブを見つけられてたなんて、香奈美ちゃんもビックリしたでしょうね」

「かなり恥ずかしがってたな。あれは効果抜群だった」

「それで、目隠し取ってからどうしたの？」

ようやく香奈美と関係を結んだのは先週のことだが、由貴はどんなセックスだったのかを詳しく知りたがった。ホテルのベッドに横たわり、俊雄の裸の胸を撫でたり乳首をいじったりしながら、何をしたらどういう反応を見せたかをしきりに尋ねてくる。

ひょっとしてレズっ気もあるのでは、と思えるくらい香奈美に興味を示すが、あるいは俊雄が女の体をどう扱うかを計っているようでもあった。

俊雄は今日、店の仕事を終えた由貴を食事に誘い、それからホテルに入った。帰宅は遅くなると言っておいたので、時間を気にして事を急ぐ必要はない。よもや断られることはあるまいと思って誘ったが、彼女も今度は遠慮なく愉める場所で、と考えていたようだ。キッチンでこっそりペニスをしゃぶっただけでは満足できず、あるいはそれが呼び水になってさらに欲求が高まったのかもしれない。

妻のぎっくり腰はかなり回復して、ずいぶん長く起きていられるようになった。動作はゆっくり慎重にと言われているが、日中短時間なら店の様子を見に出かけたりもしている。

今日も顔を出したらしいが、小一時間で帰ったという。手伝いの香奈美も、晩御飯の支度のために夕方には帰るから、俊雄が寄ったときには彼女一人が客の相手をしていた。

「アナルはそれ以上は攻めなかったの？」

「あとで、またちょっとね」

「やっぱり。そうだと思ったわ。アナルもけっこう好きそうだもの。奥様ともかなりしてたんでしょ？」

「いや。あいつは嫌がるから駄目だね」

「あら、そう」

尋ねた割には気のない応えで、紀子のことはどうでもいいらしい。太腿を撫でる手が、内腿からアヌス付近まで侵入してまた戻り、ペニスには触れずにその周りを這う。

「それで香奈美ちゃん、イッたあとは……」

「自分から挿入をせがんできた。お願いしますって」

「どんな顔して言ったの？」

つぶさに教えては香奈美に悪い気もするが、まさか本人に言ったりはしないだろうと、訊かれることには素直に答えた。思い出して手触りや匂いも甦るし、由貴も彼女のことを思い浮かべて気持ちを昂ぶらせている。

話をしながらの愛撫は、途中で緩慢になったり止まったりして、何やら焦らされているようでもあった。かえってそれが心地よく、俊雄はしだいに高まりつつあった。ちょっとした浮気気分というところが香奈美の場合とまったく違い、気軽なだけに緊張はなかった。

香奈美がフェラチオしてくれたことを言うと、どこをどう舐めたか、舌使いはどうだったかなど、やはり事細かに訊いてきた。正確に教えると、彼女の舌の感触を思い出して股間が疼いた。

「正直、テクニックはまだまだなんだけど、ぎごちないところがかえって昂奮させられた。丁寧に舐めようという気持ちも伝わってきたしね」

「そんなによかったんだ。ちょっと悔しいわね」

由貴の瞳に挑みかかるような色が浮かんだ、と思ったとたんに乳首を吸われた。ちろちろ舌先でくすぐられ、ペニスがむっくり伸びをした。

「うっ……そっちの乳首は弱いんだ」

より敏感な右を吸われたのはたまただが、由貴の巧みな舌使いで反応は早い。小刻みに弾くタッチが、フェラチオの快美を思い出させた。

相変わらずペニスを迂回《うかい》して下腹や太腿を撫で回すだけなのに、乳首を吸われるのが気持ちよくて、触ってもいないのに膨張する肉棒が頼もしく思えてくる。

「早いな。もう元気になってきた」

「一時でも役に立たなかったなんて不思議。きっとよっぽど疲れてたか、それとも緊張してたか、どちらかね」

「さすがによくわかってる。実は緊張してたんだ。嘘みたいだけど」

「けっこう香奈美ちゃんに本気だったりして」

由貴に指摘されると、やはりそうかなという気がしてくる。年甲斐もなく、という思いが脳裡をかすめた。

黙り込んだ俊雄を見つめ、由貴はくすっと笑みを浮かべた。そして、くちびると舌が乳首を離れ、ゆっくり下腹へ這い下りていった。

半勃ちの肉棒に温かな息がかかった。接近した口からピンクの舌が見えるが、舐めると思わせておいて、俊雄をちらっと見た。

「またか……。焦らすのが好きだね」

「そんなこと言って。香奈美ちゃんをさんざん焦らしたくせに」

「それもそうだ。でも、焦らしてると、そのうちに自分も焦れてくるところがあるだろ。あれがいいんだよな」

また彼女の口元が緩んで吐息がかかった。するとおもむろに舌が伸びて、竿の真ん中あたりをすっと掃いた。そこから亀頭へ向かうと思いきや、同じところに留まってちろちろ舐めるだけだった。

——亀頭に行くかタマを含むか、どっちかにしてくれ。

舌戯の巧みさを知っているだけに、半勃起のまま生殺しにされている気分だ。

ずっとこのままではないとわかっていても焦れったくなる。

「早くしゃぶりたいのを我慢してるだろ？　ホントはすぐにでもほしいくせに」

根元を摘んで、亀頭で由貴の頬をぺたぺた叩いてみると、また挑戦的な目になった。だが、叩かれるままに頬を差し出している。

「これもなかなか面白いわ。だんだん硬くなるのがわかる」

「たしかにこの柔らかな頬も気持ちいいな。くちびるも柔らかいし……」

八分勃ちになった肉棒でくちびるを擦ると、口を開きたいのを堪えているようだった。俊雄は割り入れるように押しつけておきながら、適当なところでやめてしまった。

「ずいぶん硬くなったわね。もう、しゃぶってほしいんじゃない？」

「どうだろう。そうしたければ、してくれてもいいけど」

口の端から小鼻に押しつけ、また頬に戻ってぺたぺたやる。さっきより硬くなった肉棒がしっかり頬を叩き、さらに逞しくなっていく。

すると由貴は、亀頭に唾液を垂らしてまた頬を差し出した。唾液のついた箇所で頬を擦ると、ぬめりが心地よくて擦りつけが自然に強くなる。

くちびるへ移動すると、開きはしないが、隙間から新たな唾液を供給してくれて、ますます滑りがよくなった。互いの呼吸が通じ合うようで、セックスの相性がいいことを俊雄は痛感した。

「ペニスで顔に化粧をしてやってるみたいだ。口紅はサービスでたっぷり濃く塗ってやろうじゃないか」

亀頭の裏側でぬめぬめ擦っていると、いつの間にか隙間から舌先が出て蠢いていた。右に左に首を振って、彼女もくちびるを擦りつける。

「口紅を塗ってあげてるのは、わたしの方なんだけど。わかってるのかしら」

「紅くなってきたのか」

「そうね。そのうち茹《ゆ》で蛸《だこ》みたいになるかも」

由貴はくちびるをすぼめて、亀頭の先に口紅をなすりつける。そして、少しずつ口を開きながら、雁首が収まるまでゆっくり呑み込み、また戻したり呑み込んだりを繰り返した。

舌も歯も触れずに、器用にくちびるだけで亀頭をしごかれる感覚も一風変わっているが、口の中にすっぽり収まったとき、熱い息に包まれるのが妙に気持ちよかった。ずっとそのままでいてほしいとさえ思い、反り返ろうとする肉棒を垂直に押し立てて、咥えやすい状態を保とうとした。

「これ、気持ちいいよ。熱くて溶けてしまいそうだ」

「んんむ？」

くぐもった声とともに、唾液が筋になって竿に垂れた。閉じた口の中でたっぷり溜まっていたらしく、由貴はこぼさないように派手な音を立てて啜った。それでも洩れた唾液が流れ落ちてしまうと、由貴はしっかりしゃぶりはじめた。奥まで深く咥え込み、舌を密着させてずるずる出し入れする。

ようやく本格的なフェラチオになったが、彼女も早くこうしたかったのだろう。いきなり強い吸着と摩擦で攻め立てられ、じゅるっ、ずぽっと淫らな音が部屋に響いた。

この前は寝室に妻がいるので音を立てないように注意していたが、やはり激しいフェラが彼女の真骨頂のようだ。

「おお、これだ。このフェラだ……これが気持ちいいんだ。ううう……」

思わず歓喜の声を上げると、由貴はしゃぶりながら得意げな上目遣いになった。相当自信を持っているのがわかるが、さきほど挑戦的な目をしていたのを思い出して、俊雄はまた香奈美のことを持ち出した。

「香奈美さんのフェラとは雲泥の差だ。彼女はこんなテクニックは全然なくて、躊躇いながら、それでも懸命に舐める感じだったな。初々しいと言うかなんと言うか……」

誉めながらも微妙に挑発的な言い方をすると、また歯を立てられてしまった。この前は肉棒に血流を溜め込むためだったようだが、これは嫉妬が入り混じったお仕置きみたいだ。

「おい、本気で噛んだりしないでくれよ。まあ、それはそれで気持ちいいんだけど……」

由貴は強く歯を立てたまま、舌を左右に振って口蓋《こうがい》におしつけた。食いちぎられそうな危うさと、亀頭を転がされる心地よさが相まって、何とも言えない愉悦を味わわされる。

「けっこうマゾっぽいところもあるのね」

「まさか。そんなことはないよ」

「そうかしら」

ひと言疑問を呈しただけでやめられると、気になって自分に問いかけてみるが、やはりそんなことはないと思う。

由貴は亀頭を握り込むと、くちびるで竿を這い下りて片方のタマを丸呑みにした。ぎゅっと吸引されて肛門が引き締まったが、あとはゆらゆら舌であやされ、むず痒さが心地よく広がる。

「そんなことまでしてくれるんだ」

「んあうぅ……んむぅ……ん」

何を言ったのかわからないが、睾丸が熱い息に晒され、舌が嚢皮《のうひ》を這うのがくすぐったい。亀頭を握ったり緩めたりもされるので、フェラチオで高まった状態がずっと持続している。

ほどなくタマは吐き出され、舌で持ち上げたり揺らしたりして弄ばれた。支え上げた舌を急に外してストンと落とされたり、完全遊ばれている。その間も亀頭は強弱をつけて揉み続けられ、透明な汁が先割れから滲み出ていた。

由貴は指に付着したぬめりを亀頭になすりつけ、全体に広げた。唾液を垂らしてさらに滑りがよくなると、握り込まれる感覚がいっそう際立った。しかも、上からレバーを摑むように握られたので、敏感な先割れの部分がもろに擦れている。

「そこまですると、気持ちよすぎてすぐ出ちゃいそうだ」

「そんなことないでしょ」

「いや。それって、意外に弱いんだ……」

由貴は黙って微笑んで、なおも攻め続けた。手首をくねくねさせて、先端部分の摩擦感を巧妙に操っている。ペニスの反りが強くなって、俊雄はいまにも呻きを洩らしそうになった。

「かなり弱点みたいね。いいこと知ったわ」

握りを解いたのでそれでやめると思ったら、先割れから裏筋にかけて、人差し指で擦りながら俊雄の表情を窺う。肛門を締めて我慢すると、ぬめり汁がまた洩れた。

「もしかして本当に出そう？」

「そのまま続けてると危ないかもしれない」

「とりあえず一回出してスッキリする？」

射精してしまったら続けてもう一度は難しい。正直に言うと、由貴は頷いてあっさりペニスを手放した。

2

「じゃあ、今度はわたしを気持ちよくしてね」

「いいよ。先に軽くイッてもらうくらいでちょうどいいかもしれない」

「どういう意味かしら。さっぱりわかんない」

起き上がろうとするのを制して、由貴がとぼけた返事で跨《またが》ってきた。といっても、腰ではなく顔の上だ。

「いやらしいな。もうこんなに濡れてる」

ぬらついた貝の剝き身がいきなり目に飛び込んできた。肉びらが薄く全体がこぢんまりして見えるが、息をするように収縮するのがいやらしい。ぱっくり割れた中は、鮮やかな鮭肉色が艶光りしている。

「だって、いっぱいしゃぶらせてもらったもの」

「それだけでこんなに濡れちゃうのか。根がスケベとしか言いようがないね」

「ふふっ、それはお互い様じゃない」

「いや、きみの方が……」

言い返す間もなく、淫肉で口を塞がれた。面白がってわざと息ができないように鼻と口の上に押しつけてきた。

「んむぅ……！」

「あら、ごめんなさい。苦しかった？」

白々しいことを言って尻を浮かせ、舐めやすい位置に持ってくる。舌を伸ばすだけですぐクリトリスに届いた。

「ああっ……」

とたんに人が変わったような甘い声を上げ、腰が揺らめいた。香奈美と違ってクリトリスはほとんど莢に収まり、粒も小さめだが、舌先でつつくだけで鋭く反応する。感度は抜群だ。

薄い肉びらを舐め回し、小さな蜜穴も舌先でくすぐるが、攻めるならやはり肉の芽が効果的だ。小刻みに舐めはたくうちに、よがり声が高まってさらに汁が湧いてきた。

そう言えば、香奈美にクンニしたときの話はより詳しく尋ねていたが、それをどう感じたのか。あるいは自分が舐めているつもりになって聞いていたのではないか。

「ペニスをしゃぶったからこんなに濡れたって言ったけど、本当は香奈美さんの話に昂奮したんだろう」

「それもあるかも」

「まさかレズの気があるんじゃないだろうね」

「さあ、どうかしら。そうかもしれないし、違うかもしれない。もしそうだったらどうする、三人でしてみたいと思う?」

「それもいいかもしれんな」

「言うと思ったわ」

またも秘部を強く押しつけられ、息が苦しくなった。だが、仕返しにクリを嬲るとすぐさま腰が跳ねた。

由貴は曖昧《あいまい》な言い方をしたが、けっこう当たっているかもしれない。というより、当たっていれば面白いと思う。だが、もし同性愛の趣味もあるなら自分で香奈美を誘った方が早いわけで、俊雄をけしかけるのは少々回りくどい。

――やっぱり違うか……。

愉しみが減ったように感じたが、逆に香奈美を含めた3Pが非現実的なことではない気もした。

　意外だったが、由貴の秘処は匂いも味も香奈美より淡く、二人一緒に味わうことができたらいいのにと思った。反応の違いも興味深い。香奈美は羞恥にあえいで自身を煽るタイプだが、由貴は奔放でどこまでも快楽に貪欲《どんよく》だ。それを同時に愉しみ、しかも女同士がからみ合う光景まで眺められたらどんなに素晴らしいだろう。

　そんなことを夢想しながら、俊雄はさかんに舌を使った。クリトリスは直接舌が当たるように莢から剝いた。蜜穴には舌を突き立てたり、指を挿れて湧いてくる蜜を掻き出したりもした。

　由貴はしばらく淫裂を預けていたが、不意に位置を変えて後ろのすぼまりを口の上に持ってきた。

「アナルもお願い……好きにして」

「あんたもここが好きなんだな。気が合うじゃないか」

「ええ、そうよ……前も後ろも好きなの……ああん、そう……」

　舌を尖らせて放射皺の中心をくすぐると、由貴は気持ちよさそうにあえぎ声を上げた。指で皺を思いきり広げ、なるべく内側の粘膜に舌が触れるようにする。

「いいわ。もっと舐めて、もっと、もっと……ああ、いやらしい舌……」

悩ましげな声とともに、髪をくしゃくしゃにされる。

「ここもかなり感度がいいね。クリとどっちがいいんだろう」

アヌスを舐めながらクリトリスをいらうと、意志とは関係なく腰がくねりだした。舌も指もズレてしまうので、由貴はもどかしそうに押しつけてくる。

「どっちもいいの……両方いいの……もっとしてぇ」

俊雄は顔じゅう淫蜜まみれになって、アヌスとクリの同時攻めを続けた。

彼女は腰が躍って位置がズレるたびに、舌と指を欲して秘処を押しつけてきた。

「ああ、いいわ……もっと舐めて、べとべとにして……指も挿れて……舐めて、挿れて……ぐちょぐちょにして……」

あえぐ声は譫言のように繰り返され、腰がますます妖しいくねりを見せる。

俊雄は望み通り指を挿入してやったが、顔の上に跨がられた体勢では深く入れるのは難しい。浅いところで抜き挿ししていると、由貴は指を挿れられたまま器用に体を回転させ、後ろ向きになった。

それで奥まで突き挿れることができて、Gスポットも擦りやすくなった。

「いっ……いいっ、あああっ……いいわ、それ……クリも舐めてぇ……ああん」

貪欲に求められて、今度は指挿れとクリ舐めの同時攻撃だ。

由貴は腰を震わせて、切れ切れによがり声を上げる。

派手な濡れ音を立てて抉っては、敏感なポイントに振動を送り込んだ。肉の芽は莢から吸い出して直接舐めている。

入口が何度も収縮するようになり、俊雄はスパートをかけた。舌戯を全開にして、腕が攣るほど攻め立てる。

不意に由貴の体が硬直して、指を締めつけたままになった。

「イッ……イイイーッ!」

アクメの声が上がると、がくっ、がくっと間を置いて二度腰が揺らぎ、やがて力を失って倒れ込んだ。

俊雄は心地よい重みを受けとめながら、膣が思い出したように蠢動するのを、指を抜かずに味わっていた。

3

「すごかったわ。まだヒクヒクいってる」

由貴は秘丘から奥の谷間に手をしのばせて、快楽の名残を確かめた。俊雄が太腿に触れると、軽い震えが走った。

「またすぐイケそうだね」

「何回もイキそうな感じ。ねえ、今度はコレがいいわ」

勃起力が弱まったペニスを、言うより先に手で包み、やんわり揉みはじめた。

少し休もうなんて考えは微塵《みじん》もないようだ。

「ちょっと柔らかくなったから、またやってくれないか」

「お口で？　それよりこっちの方がいい」

言うや否や、由貴はこちらに向きを変えてペニスの上に跨った。開いた花を伏せるように、温かく湿った肉が密着した。由貴は腰を前後に揺らしながら、うっとり目を細めた。

「これも気持ちいいでしょ。わたしも擦れて気持ちいい」

「自分で好きなように擦れるからいいんだろ？」

「わかっちゃった？」

恥骨のすぐ下のあたりが亀頭に当たっているからクリトリスに違いない。前後に擦るばかりでなく、円を描いたり上から潰すように押しつけたりする。俊雄が身じろぎしないでいるので、正確に当てることができるようだ。

「どう？　また元気になりそう？」

「いいね。じわじわ感じてくる。もっと体重をかけてくれないか」

竿が溝に埋まる感じで収まっていて、彼女が腰を揺《ゆ》らすと気持ちよくしごかれる。軟らかな肉が当たっているので、ペニスを擂《す》り潰すように体重をかけたくらいがちょうどよさそうだ。

「こんなのはどうかしら」

由貴は膝を浮かせ気味にして体重をかけ、臼《うす》を挽くように腰を回転させた。とたんに快楽の波がはっきりと湧き上がり、下腹に広がっていった。強く押しつけられているのに、にゅるにゅる滑るおかげで、こりっとした恥骨の感触が亀頭を甘く刺激してくれる。

「ああ、それがいい。腰つきもいやらしくていいね」

上半身はほとんど動かないで、腰から下で円を描くのがひどく淫らに映る。由貴は得意げに微笑むと、くいっ、くいっと突き出すような前後動も交えながら、いっそう妖しい腰使いを見せた。

「たまらんな、そのエロい腰つき。いかにも上でするのに慣れてるというか、好みのスタイルなんだろう？」

「そうよ。こうするのがいちばん好き。このまま挿れていいでしょ」

「もちろん。好きにしていいよ」

ペニスは硬さを取り戻して、摩擦感がさらに心地よくなっている。淫蜜もしだいに増えて、にちゃにちゃ湿った音がしてきた。

俊雄は乳房に手を伸ばし、乳首をさすりながら揉みあやした。香奈美よりは小ぶりだが、綺麗なお椀型をして弾力も素晴らしい。

「香奈美ちゃんも上になったりするのかしら」

うっとり腰を使いながら、由貴はそんなことを言いだした。これからひとつになろうというときに彼女のことを考えるなんて、やはりその気があるのだろうか。

「さあ、どうだろう。今度やらせてみようかな。さすがにこんなエロティックな腰使いはしないだろうけど」

「やったことないとしたら、けっこう病みつきになるかも。自由に動けるから、いったん味をしめるとたまらないの。どんどん気持ちよくなれるのよ」

享楽的な彼女らしい言い方だ。男に任せておくより、好きに動いて快楽を貪りたいということだろう。

「味をしめる、か……。それはありえそうだな」

香奈美が上になって妖しい腰使いを覚えたら、という想像が脳裡に広がった。それが彼女自身を煽ることにつながるのは間違いない。

「ねえ、今度ビデオに撮ってみてよ、香奈美ちゃんとしてるところ」

「ハメ撮りっていうやつか。やったことないけど、面白いかもしれないな」

撮ったビデオを香奈美に見せてやれば、羞じらいの極致に達して、いっそう淫らになるかもしれない。そんな期待が一気に膨らんだ。

「ちょっとやってみましょうか」

由貴はそう言って体を離すと、バッグの中からデジカメを持ち出した。

「これで動画が撮れるわ。携帯よりずっと大きな画面で撮れるし、パソコンで見るなら充分」

「いまやるのか」

いきなりハメ撮りとは唐突だが、試しにやってみるのもいいだろう。騎乗位で合体するなら、撮るのはさほど難しくなさそうだ。

由貴はズーム操作を俊雄に教え、撮影ボタンを押して渡した。レンズを彼女に向けると、ペニスを摑んで跨る姿が液晶モニターに映った。

「挿れるところ、アップで撮って」

腹の上でカメラを構えて、局部をズームアップした。濡れた亀頭と肉びらが画面いっぱいに収まると、由貴が腰を沈めてきた。

亀頭が埋没する映像を見ながらぬめった肉の中に滑り込むのは、奇妙であると同時に、新鮮な感覚を教えてくれた。肉壺を味わう自分と、それを見ている自分が同居している。

「ちゃんと撮れてる?」

「バッチリだ。画面で見ると、かえって卑猥な感じがするよ。自分がアダルトビデオに出演してるみたいだ」

「アソコのアップだけじゃなくて、顔も入れてね」

由貴はゆっくり腰を揺らして微笑んだ。カメラを胸で構え直し、引いて彼女の全身を収める。生身の彼女とモニターの小さな彼女が同時に腰を振るのを見ると、気分はもうハメ撮りのAV男優だ。

「これって愉しいわ。撮られてると昂奮しちゃう」

腰振りがだんだん派手になり、濡れ音も大きくなる。俊雄はモニターと由貴自身を交互に見やり、下からずんずん突き上げた。

「わたしも撮ってあげる。上からだけど、いいでしょ」

デジカメを渡すと、由貴はいったん自分の方にレンズを向けてから、ゆっくり反転させて俊雄を撮った。

「顔のアップはやめてくれよ」

手をかざして顔を避けると、次は思いきり腕を伸ばして横から自分の腰のあたりにレンズを向けた。ブレないようにしっかり構えて、腰から下だけ動かすところはさすがだ。

「巧いじゃないか。ハメ撮り、やったことあるのか」

「ないわ。でも、やってみたいとは思ってた。自分がどんなふうにしてるのか、見てみたいじゃない」

「あとでその腰つきを見れば、どれだけ卑猥かがわかるさ」

俊雄は突き上げを中断して、クリトリスをいじった。包皮の出っ張りをこちょこちょやったが、指を当てているだけでも彼女が自分で擦りつけてくる。

「クリちゃん、いい気持ち……」

うっとりした声でのけ反っても、カメラはきちんと自分の腰に向けている。本当に初めてなのかと疑いたくなるほどだ。

「すごく硬い……この前、お宅のキッチンでおしゃぶりしたときより、ずっと硬くなってる……ああ、いいわ……」

「あんたも締めてくれるじゃないか。気持ちいいよ……こんなにくいくい搾られたらたまらん」

「まだイカないでね……イッちゃダメよ……」

そう言っておきながら、由貴の腰使いはだんだん激しくなっていく。とりわけ前後の動きが大きく、秘丘を突き出すように腰を振る。ペニスは根元を搾られ、中でぐいぐい振られる状態だ。

そのうちに結合が浅くなり、今度は雁首が強い締めつけに遭った。腰が円を描くと、絶妙な摩擦感が亀頭を包み込んだ。

「その腰振り、ちょっとまずいかもしれん。気持ちよすぎるぞ」

「勝手に動いちゃうの……ダメなの、止まらないの」

いったんスイッチが入ると制御が利かなくなるのかもしれない。そのうちにカメラを持つ手も揺れだした。俊雄が交替すると、後ろに手をついて身を反らし、結合部分をアップで撮れと指示してきた。

俊雄はのけ反る彼女にこちらを向かせ、蕩けた表情で腰を揺する姿を収めてから、ゆっくりズームインしていく。肉裂を貫いたペニスが、白濁した淫汁をまとっているのが大写しになった。

「ハマッてるのが丸見えだ」

「よく見えてる?」

「ああ。画面を見てるだけで匂ってきそうだ」

「いやらしいのが見えてるのね」

由貴は気持ちよさそうにあえぎながら、浅い結合で腰を振る。亀頭がちょうどGスポットに当たっているらしい。

腰の上下動が大きくなり、ペニスが抜けてしまって挿れ直すといったことが何度か続いた。すると由貴は、元の体勢に戻って激しく腰を使いだした。

「また来たな……おっ……そ、それはちょっと……」

快感の急上昇に俊雄は慌てた。騎乗位でそんなに激しく動かれては、射精欲をコントロールできない。もうハメ撮りどころではなくなり、デジカメを横に置いた。ベッドが揺れてブレブレになるが、そんなことに頓着《とんちゃく》していられない。

「そんなに激しくやると、すぐイキそうだ」

「ダメ、まだよ……まだイカないで……ああん、まだよ……」

俊雄は肛門を引き締めて堪える。だが、それも一時しのぎにしかならないようだ。どうせイクなら、我慢できずに洩れてしまうより、思いきり突きまくって発射したい。

「イクぞ……一緒にイッてくれ」

「まだよ……まだよ……」

荒々しい騎乗に突き上げで応えると、由貴は顎を浮かして譫言のように繰り返した。肉壺は繰り返し収縮を起こしている。

「イクぞ……イクぞ……」

うわずった声で射精欲の高まりを告げ、一気にスパートする。額に汗が滲み、鼓動がさらに速まった。恥骨がぶつかって性毛が擦れ、ぬかるんだ音が淫靡なリズムを刻む。

「ああ、まだ……もうすぐ……ああん、ダメよもう……ああっ」

由貴の言葉は意味をなさなくなり、さらに荒い腰使いで頂上へ駆け上がる。

波が急に大きくなって、甘い衝撃が股間を直撃した。ペニスがどくっ、どくっと脈打つたびに、熱い塊が弾け飛ぶ。

「あっ……あああーっ……」

射精を惜しむような声が細く尾を引いて、由貴はなおも腰を振り続ける。出しきった精液をさらに搾り取ろうという激しさだ。

「ああん、イッ……イッ……イイーッ……」

引きつった声とともに肉壺が強い緊縮を起こし、小刻みに震えた。遅れてきたアクメに、由貴は背を弓なりに反らしたまま硬直し、やがて脱力しきってベッドに倒れ込んだ。

しばらく休んでから、由貴はシャワーを浴びてくると言って立ち上がった。

「これを貸してあげるから、香奈美さんとするときに撮ってね」

そう言ってデジカメを渡そうとしたが、

「ちょっと待って。念のためメモリーを換えておきましょう。香奈美ちゃんに見られたりしたらまずいから」

メモリーカードを抜いて、バッグから別のものを出して差し込んだ。

「用意がいいんだね」

「予備をいつも入れてたんだけど、実際に使うのは初めて。いま撮ったのは、先に見せてもらうわね。どうせあとで見られるからいいでしょ」

俊雄はかまわないと言って、必要な操作方法だけ教えてもらった。レンズを向けられて香奈美がどんな反応を見せるか、それがいまから愉しみだ。

第五章　妻の秘密

1

「若い肌ってのは、見事にお湯を弾くもんだね。もっともらしい比喩かと思ってたけど、本当だったたんだ」

シャワーで香奈美の体についたボディソープを流しながら、俊雄はしきりに感心した。肌理の細かい肌は、お湯を嫌うように一瞬で弾いてしまう。

「ほら、全然違う」

自身の弛《たる》んだ肌にかけてみると、湯はのんびり滴るようだった。

香奈美ははにかみながら、泡にまみれた股間をまだ洗っている。さっき俊雄がやってあげたが、洗うというより愛撫みたいなものだったから、またアヌスまで舐められると思って念を入れているのだろう。

「いつまでも洗ってないで。そこも流してあげるよ」

「ここは自分でやるから……」

「遠慮なんかしなくていい。ほら、手をどかして」

白い泡が流れて漆黒の秘毛が現れた。脚を開かせて下から湯を当てると、香奈美は彼の腕に摑まってシャワーコックを見つめる。近づけたり離したりして勢いを変えているうちに、摑む手に力が入った。

平日の昼下がり、二人はデイユースでホテルの部屋を取った。香奈美は店の手伝いが休みで、俊雄は仕事をサボッて久しぶりの密会だ。

アルファHDとの合併交渉は基本線で合意が成り、細部の詰めに入っている。営業部門はかなりの配置換えや人員削減も出そうな気配だが、部下の行き先を心配する気持ちは以前ほどではなくなっていた。立石が遠くへ異動になることだけは避けたいが、それも香奈美と離れたくないというのが本音だ。

彼女と由貴の二人と関係したことで、返り咲きのように性に対する意欲が膨らんでおり、反比例して仕事への熱意は日に日に冷めている。今日は合併に関わる内密の情報収集だと言ってサボッたが、自分がこんなことをするなんて、香奈美に気持ちが向きはじめたときには考えもしなかった。

だが、そんな自分を意外とは感じていない。上昇志向に支えられて長年頑張ってきたが、ここへ来て残りの人生を愉しみたいという思いが強くなっているからだ。もちろんそれは定年後でいいはずなのに、すでに気持ちはリタイアしかかっているということかもしれない。

「今度はわたしの体を洗ってくれないか」

シャワーを止めて仁王立ちになると、香奈美はスポンジにソープを含ませた。

「そんなの使わないで、手で洗ってくれよ。わたしがやってあげたように」

「やっぱりその方がいい？」

「当たり前じゃないか。基本中の基本だよ」

そんなの聞いたことがないと呟きながら、スポンジで泡を立て、手で塗りつけてくれる。

胸や背中から下がっていくにつれて、香奈美の小鼻が膨らみ、息遣いが深まった。やがて下腹まで来ると、息を詰めて股間の逸物に泡をつけた。

彼女の手つきも洗うというより愛撫に似ている。泡のぬめりが極上の潤滑剤で、むず痒いざわめきが股間から下腹全体に広がった。

「タマの方もよく洗っておいてくれ」

「こういうの、よく行ったんですか」

「ソープのこと？　若いときは行ったけど、たいていは仕事がらみだったな。接待したりされたり……」

不用意なことを言ったと思って口をつぐんだ。仕事なら立石も行くのかと取られかねない。

「旦那の心配なら無用だ。あいつはソープは行かないだろう」

すかさずフォローしたが、香奈美は一瞬、キョトンとした顔になった。そんなことなど気にしてなかった様子だ。

「もしかして、立石のことはどうでもよくなってる？」

「そんなことありません。しっかり稼いできてもらわないといけないので」

そう言いながら、ぬらついた手指で肉棒と睾丸を洗う香奈美は、ひと皮剝けたようだった。丁寧な手つきはいかにも真面目な彼女らしいが、真っ昼間にホテルで仲人の逸物を洗いながら、夫の稼ぎをあてにしていることを平然と口にする。

「どうかしました？」

「いや。カナちゃん、ちょっと変わったなと思って」

「その呼び方、志野原さんこそ変わったって証拠ですよ」

もっと厳しいイメージだったのが、軽い感じになったと彼女は言う。そうかもしれないと思って、俊雄は否定しなかった。香奈美も自分も変わりつつあるということだろう。

「もっと後ろまで頼むよ」

手のひらにタマを載せてすりすりしているところへ、肛門まで洗うように言うと、おずおずと指が奥へ伸びて、蟻《あり》の門渡《とわた》りから肛門へ達した。

「そっちも綺麗にしておかないとね」

舐めてもらうことを示唆すると、香奈美はぽっと頬を紅くした。

だが、あえてそれ以上は言わなくても丁寧に洗ってくれる。皺の隙間まで綺麗にしようと丹念に擦るので、肉棒がむくっと反応した。

「ありがとう。それくらいでいいかな」

股間まで洗ってもらえば、あとはもう必要ない。脚は自分でさっさと洗って終わりにした。

シャワーで洗い流してもらうと、少し逞しくなったペニスが股間ににょきっと突き出した。気のせいかそれを見た香奈美の表情がうきうきしてきたようだった。

「ちょっと口でやってみて」

股間を突き出して言うと、香奈美は素直にしゃがみ込んだ。ペニスを上に向け、竿から先端へ舐め上げる。ねっとり舌が這う感触は、この前とはずいぶん違っていて、教えた以上に慣れた感じがする。

「練習したね?」

香奈美は目を伏せて、こくんと頷いた。旦那のモノでやったのかと問うと、今度は首を振る。

「もしかして、バイブで練習したのか」

彼女はそれには応えずに、懸命に舐めだした。夫の留守中に疑似男根を持ち出してフェラチオの練習をしている様子が浮かんだ。立石ではなく自分を想像してくれたに違いないと思うと、にわかに昂ぶりを覚えた。

「じゃあ、その成果を見せてもらおうかな」

わくわくして舌の動きを追い、肉棒に神経を集中させた。香奈美は竿の裏も横も舐め、薄い舌を亀頭に絡みつかせる。舌先と舌全体を交互に使い分け、バリエーション豊かな舌使いを見せた。

動きも打って変わってスムーズになり、俊雄は別人のような進歩に驚き、感激もした。彼女に名人になれると言ったことを思い出し、あながち買いかぶりでもない気がした。

「ずいぶん巧くなったね。すごく気持ちいいよ。ああ、そうだ、いいね……」

芯が通ってくると、ペニスから手を離して太腿や尻を撫で回す。突き出した先端を咥え込んでゆっくり首を振りだしたが、一緒に舌を蠢かせるあたり、格段に上達している。

「ここで続けるのはもったいないな。ベッドでじっくりやってくれないか」

香奈美は肉棒を口から出して、照れくさそうに頷いた。

バスローブに身を包んで部屋に戻ると、バッグからこっそりデジカメを取り出してポケットに入れた。最初から撮りたいと言うと、恥ずかしがって嫌がるかもしれない。

後から出てきた香奈美は、バスローブを羽織って頭にタオルを巻いていた。ぐっと色気が増して、不倫の匂いが濃くなった。

「うーん、風呂上がりの若奥さんは色っぽいなあ。こいつはたまらん」

ベッドに横たわってバスローブの紐を解くと、香奈美は傍らに腰を下ろし、扉を開くように両手で広げた。肉棒は芯がやや弱まっている。それを握っていとおしそうに眺め、おもむろに屈み込んだ。

ぬらっと舌が這い、温かな吐息が肉棒を包んだ。ピンクの舌は幹を辿って亀頭に向かい、右から左からころころ舐め転がした。硬くするおまじないのようでもあり、猫が捕まえた獲物で遊んでいるようでもあった。頭にタオルを巻いて髪の毛が邪魔にならないのでよく見える。

「いやらしい舌だね。そうやってバイブを舐めまわしたんだ」

吐息が熱くなり、亀頭がくちびるで覆われた。裏の筋をざらついた舌の表面が擦ると、竿がむくっと反応した。亀頭も膨らんで、力が籠もってくる。

香奈美はくちびるで亀頭から竿の根元を往復しながら、唾液を垂らして滑りをよくしていった。さらに舌で縦横に這い回り、全体がべっとり濡れてくると、ようやく芯が通った。

「元気になった」

うれしそうな声で竿を持ち上げると、先端から丸呑みにした。舌をからめながら咥え込み、ずるずる吐き出していく。ゆっくりしたストロークだが、ざらついた舌の感触がやけに心地よかった。

俊雄はポケットに手をしのばせ、デジカメのスイッチを入れた。モードはムービー撮影にしてある。そっと取り出して股間に向けても、香奈美はフェラチオに夢中で気がつかなかった。

「そんなに奥まで咥えられるのか。すごいな……」

感嘆するように言うと、香奈美はさらに深く呑み込んだ。モニターには唾液を垂らして吐き出すさまが卑猥に映し出される。

これを見たら由貴は何て言うだろう。いや、それより香奈美自身に見せてやりたい。自分のいやらしい口淫を目の当たりにして、いっそう羞恥に苛まれるに違いない。

「なんて気持ちいいんだ……ああ、最高だ……」

モニターと生のフェラチオを交互に見やり、うっとりため息を洩らした。すると、香奈美が肉棒をしゃぶりながら、うれしそうにこちらを見上げた。

「うぐっ……」

デジカメに気づいたとたん、驚きの呻きとともに目を丸くした。頬がみるみる紅く染まっていく。

「写真なんか撮らないで。いやです、そんなの……」

「写真じゃない。ビデオだ」

「ビデオ……!」

さっきから撮ってると言うと、顔を背けてしまった。

「いいじゃないか。自分がどんなふうにフェラをしてるか、見てみたいとは思わないか。それにもう撮ってるんだから、いまさらやめても意味ないよ」

その言葉で諦めたか、香奈美は顔を上げた。恨みがましい目を向けられるかと思ったら、潤んだ瞳が恥ずかしそうに揺れていた。

「さあ、もう一度やって」

再び咥えてしゃぶりはじめると、さっきよりも首の振りが速くなった。舌使いにも勢いが出ている。開き直ったようにも思えたが、ちらっ、ちらっとカメラを見る目がしだいに蕩けてきて、撮られることで昂ぶっているのは明らかだった。

「いやらしい舌をもっと見せてくれないか」

そんなリクエストにもすぐ応えてくれた。肉棒を吐き出すと、まるで猫が毛繕いするように舌を伸ばしてねっとりからませる。レンズを意識してわざと淫らに見せているようでもあった。

——潜在的に露出願望があるのか……。

最初のときも縛られて昂奮したというより、恥辱的な姿を晒すことで昂ぶったのではないか。そう考えた方がよさそうだった。

「そんなにエロい舐め方、どうやって覚えたんだ。AVでも見て研究したのか」

香奈美は舐めながら首を振るが、どうして覚えたのかは白状せず、竿の根元からさらに下へ這い進んだ。脚を開いて舐めやすくすると、皺だらけの嚢皮をくすぐり、タマをすっぽり含んで舌を蠢かせた。

「いいね、カナちゃん。そんなことまでしてくれるのか」

「気持ちいいんでしょ、これ?」

口を開けたまましゃべりにくそうに言い、すぐにまた咥え込む。彼女の積極性には目を瞠るものがあった。

期待をこめてさらに脚を広げると、睾丸をぽろっと吐き出して、その下へ潜り込む。俊雄が片脚を抱え上げると、蟻の門渡りからさらにその先へ向かい、丁寧に洗ったところを舌でまた清めてくれた。

「そこは男も女も気持ちいいからね。この前、よくわかったよね」

香奈美は鼻を鳴らして頷き、皺の一本一本をなぞるように舐め続ける。手を取ってペニスへ導くと、握ってゆるゆるしごきだした。舐めるのと同時ではぎごちないが、それがまたいい。由貴の慣れたテクニックとは違う心地よさがあるのだ。

「ベッドの上に載って。こっちに脚を向けて」

デジカメを置いて彼女の腰を引き寄せた。横向きのシックスナインに近い体勢だ。バスローブを捲って白い尻を剝き出しにすると、割れ目に光るものがちらっと見えた。そこにカメラを向けて、指で広げてみる。

「こんなに濡れてるのか。しゃぶってもらってるだけで、わたしはまだなにもしてないけどね」

シャワーの湯とは違う艶とぬめりが秘裂を覆っている。

「んむぅ……むむっ……」

くぐもった声で何を言ったかわからないが、ペニスをぎゅっと握って、アヌスを猛然と舐めだした。

片脚を上げて跨がせると、ぱっくり開いた秘苑が露わになった。肉びらをこね回し、淫蜜まみれにしていくさまを液晶モニターで捉える。露出したクリトリスもしっかり映し出されている。俊雄はアヌスを舐める彼女にいったんレンズを向けてから、ゆっくり戻して秘穴に指を突き挿れた。

「あうっ……うう゛ん……」

甘く鼻にかかった声とともに、指が締めつけられた。引き抜くとべっとり濡れているのがアップの画面で確認できた。Gスポットを攻めると、アヌスから舌を離したままになって、ペニスも強く握るだけでしごくことができない。悩ましい声を上げて、しきりに腰をくねらせている。

俊雄はさらにクリトリスにも矛先を向けた。内と外を交互に攻め嬲ると、香奈美の身悶えが止まらなくなった。どちらも抜群の感度だ。腰を戦慄かせ、太腿に痙攣のような震えが何度も走る。

そのたびにペニスを握る手に力が入ったが、ついにはぎゅっと摑んだままになった。思いのほか強い握力で、血流が集中するあまり、肉棒は異様なほど怒張していった。

片手でデジカメを構えるのが面倒になり、かたわらに置いて一段と激しい攻めに移る。クリトリスもGスポットも、手が攣るほどのバイブレーションを送り続ける。

「あああっ、イッ……イイイーッ！」

搾り出すようなよがり声が響いたかと思うと、香奈美は両脚を硬直させて最初のアクメに達した。

余韻を引く間も太腿や尻肉の愛撫を続け、頃合いを見てまた秘裂に移った。撚れて弛んだ肉びらをこね回し、思わせぶりに指を挿れて結合を誘う。

「本物がほしい?」

「ほしい……挿れて、挿れて……」

「我慢できなくなっちゃった?」

「もうだめ。早くして……挿れて、お願い……早くぅ……」

譫言のように求め続ける香奈美を仰向けにして、逞しく勃起した肉竿を握って覆い被さった。先端で秘肉の窪《くぼ》みを窺うと、気のせいかこの前より熟れている感じがした。

ぐっと腰を突き出して、香奈美の女を割り広げる。せつなげな声が細く尾を引いて、悦びの収縮で迎えられた。

2

「サラッとして涼しいのはいいんだけど、なんだか心許ない感じ」

「なにも着けてないのを意識する?」

「気のせいなんだろうけど、人の視線が集まってたような……」

「意外と気づかれてたりしてな」

エレベーターを下りると、二人は小声で会話した。それで他の人が興味ありげな視線を向けたが、乗っているときも香奈美をちらちら見ている人は何人かいた。

香奈美はこの前とは別の藍墨《あいすみ》ワンピースを着ているが、その下は裸でブラもショーツも着けていない。激しく情を交わした後、ルームサービスで遅いランチにしようかと思ったが、彼女が眺めの良い上階のレストランに行きたいと言うので、下着なしで行かせることにしたのだ。

「ノーブラなのはすぐわかるけど、下はどうかな。Tバックと思うかノーパンと気づくか、微妙なところだろう」

「やっぱり恥ずかしい。気づかれるんじゃないかと思うと、落ち着いて食事できないわ」

「大丈夫だよ。気づかれたところで、襲われるわけじゃなし」

笑って受け流すが、香奈美も本当に困っているわけではない。不安げなことを言って自らを煽っているだけだと俊雄は見抜いている。

二人は窓側のテーブルに着いて、ランチコースでメインを魚にして注文した。

間もなくランチタイムは終わるが、ケーキバイキング目当ての婦人客でけっこう席が埋《う》まっている。

「小山内さんとどんな話をしてるの。カナちゃんのこと、意外にエッチだみたいなこと言ってたけど、女同士であけすけな話してるんじゃないか」

「やだ、そんなこと言ってたんですか。由貴さん、わたしとシノさんのこと、気づいてるんです」

「そうみたいだね」

香奈美の話によると、彼女にさぐりを入れられてもシラを切ったが、もうバレてるのは間違いない。ただ、それ以外の話はかなりオープンにしていて、彼女にそんなふうに言われたのは、夫婦生活の不満をかなり具体的に話したからだろうということだ。

「それはこの前も聞いたけど、そんなに不満だったのか」

「ええ、まあ……」

香奈美は腰をもじもじさせて言葉を濁した。あの由貴にエロいと言われるくらいだから、不満を打ち明けるときに欲望の深さをかなり露呈したに違いない。俊雄はそれをまだ垣間見ただけに過ぎない気がした。

「でも、夫婦になる前は不満に思わなかった？　立石とはあれだろう、結婚前にもう……」

「結婚前もそれは感じてましたけど」

「それでも一緒になったわけだ……」

真面目で男にあまり縁がなかったようだから、多少のことには目をつぶったのか——結婚を決意したときの彼女の胸の内を思うとやや気の毒にも感じるが、〝多少のこと〟ではないだろうとも思った。

「夫婦にとって、性の相性ってのはすごく大事なものだよ」

だから軽く考えてはいけない、とまでは言えなかったが、香奈美もそれは承知しているのか、うんうんと頷いている。何か言いたそうなので待っていると、

「あの人と結婚する気になったのは……」

嚙みしめるようにゆっくり言って、ひと呼吸置いた。

「シノさんが上司だし、仲人になるって聞いたからです。それなら、これからもずっと縁が続くわけだから」

きっぱり言いきると、目を伏せてほんのり頰を染めた。

俊雄は喉の奥から熱いものが迫り上がるのを感じた。意味を問い返すまでもな

い。本気なのではと由貴に指摘されて、自分でもそんな気がしていたが、香奈美の気持ちには思いが行かなかった。本心を吐露されて、立石を紹介したことが申し訳なく思えたが、それ以上に年甲斐もなく照れくさくなった。

「そ、それは……気がつかなかった。あいつと引き合わせたのは、ちょっと迂闊《うかつ》だったかな。いや、そういうことでもないのか……。うーん、なんだかよくわからん」

しどろもどろになってしまったが、それを見て香奈美がくすっと笑みを洩らすと彼も落ち着きを取り戻した。

ちょうどスープとパンが運ばれてきて、そこで話に区切りがついた。俊雄はゆっくり料理を愉しむことにした。

昼下がりのホテルのレストランで、部下の妻と情交の後のランチをする、そんな不倫の匂いが食事の間ずっと漂っていた。前菜もメイン料理も上品な味で、料理教室で学ぶ香奈美は、あれやこれやと興味深そうにレシピを予想していた。

「それはそうと、小山内さんてカナちゃんに関心があるみたいだけど、ひょっとして同性が好きってことはないかな。そんなふうに感じたことはない？」

すずきのポワレを食べ終わったところで香奈美に訊いてみた。前から気になっていたことだ。

「あります、あります。たぶん、男も女も好きみたい」

「うれしそうに言うじゃないか」

そんなことはないと否定するが、香奈美が彼女に好感を持っているのは確かだ。

そうでなければ、夫婦の性の悩みを具体的に話したりはしないだろう。

「そう感じたのはどうして？　彼女がそれらしいそぶりを見せたとか」

「いえ、そういうことは……」

慌てて首を振ったのでなおも問い詰めたが、それきり口をつぐんでしまった。

頬を上気させるところを見ると、何か隠しているのは間違いない。だが、それ以上問い詰めても口を割ることはなさそうだった。

コーヒーとシャーベットでランチコースは終わり、支払いをすませてエレベーターに向かった。香奈美は美味しかったと満足そうだが、やはり下着を着けていないから落ち着かないと洩らした。何度も腰を浮かせて座り直していたので、秘部が潤んでいるのではと想像が膨らむ。

「今日はそのまま家まで帰ったらいい。ノーパン、ノーブラで電車に乗って帰るのも刺激的でいいと思うよ」

「大きい声で言わないでください。周りに聞こえるでしょ」

声を抑えて詰るが、やはり彼女の困った表情にはそそられてしまうのだ。

エレベーターに乗り込んでから、こっそり香奈美に尋ねた。

「もしかして、濡れてるんじゃないか」

とたんに腕を抓《つね》られたが、いちばん奥に乗ったのをいいことに、ワンピースの後ろをたくし上げた。何をするの！　といった目を向けられても、かまわず中に手を入れて生尻を撫でる。

香奈美は頬を紅くして俯いてしまったが、周りの人はみなエレベーターの表示を見上げていて気がつかない。

ここぞとばかりに秘裂をさぐると、しっとり潤んでいた。やっぱり、と思ってかき分ける指が、ぬるりと滑った。内側は思った以上に濡れている。

「なんだ、こんなに濡らしてるじゃないか」

こっそり耳元で囁くと、香奈美は身を固くしてさらに紅くなった。奥からなお溢れてきて、蜜穴の窪みを触っているうちに、吸い込まれるように指がはまり込んでしまった。

「んっ……」

ゆっくりだが指を動かすと微かに声が洩れた。香奈美はくちびるを引き結んで堪える。抜き挿しそのものより、こんな場所で指を挿れられたことに反応したのかもしれない。指を抜いて肉びらをこねたり、また挿入したりを繰り返して羞恥を煽る。エレベーターが停まって乗り降りがあっても、いちばん奥にいるのでかまわずに続けた。

俊雄たちのふたつ前の階で、乗り合わせた人がみな下りて二人きりになった。すかさずワンピースを腰の上まで捲り上げると、

「いやっ！」

香奈美は悲鳴を上げて身を捩った。だが、抜き挿しを激しくすると、蹌踉けて壁に寄りかかったまま抵抗も弱まった。

わずか十数秒だが、下半身丸出しの指ピストンは刺激が強かったようだ。部屋に戻るや否や、香奈美はふらふらとベッドに倒れ込んでしまった。

「シノさんのいじわる。あんなことするなんて、信じられない」

「でも、濡れてたのは事実だ。ホントに感じやすい、エッチな体なんだね」

「なんだか変になりそう……」

香奈美はかすれた声で言い、恨めしそうに俊雄を見上げた。見つめる視線はす

ぐに外れて、胸元を下って股間で止まった。何か呟いたが、訊き返してもよく聞き取れないので、もっとはっきり言ってくれと言った。すると、

「もう一度したいって言ったの！」

自棄《やけ》っぱちのように大きな声を上げて顔を伏せた。

「そうか、また火が付いちゃったか」

「そういう言い方、嫌いです……」

消え入る声で羞じらうが、言うほど嫌がっているようには見えない。俊雄は最後の激しい指ピストンはよけいだったかなと悔やんだ。

「でも、もう一回は無理だよ。歳だからそんな元気はないんだ」

彼女の恨めしげな瞳に、申し訳ない気持ちを禁じえない。

「もし元気になったら、してくれますよね」

「そりゃまあ……ね」

そんなに挿入を望まれたら何とかしてやりたいが、どうにか勃起しても中折れの心配は残る。そうなったらよけいがっかりさせてしまうだろう。

「じゃあ、ここに座って」

ベッドに腰を下ろさせて、ズボンのベルトを外す。香奈美はすっかりその気だ。

ズボンとブリーフを脱がすと、しゃがんでペニスに触れた。手のひらに載せていとおしそうにさすったり、やんわり握ったりしてくれるが、それくらいではぴくりともしない。何しろ二回続けられたのが何年前のことか、思い出せもしないのだ。

だが、香奈美は何とかなると思っているらしく、雁首や裏筋といった敏感なところを狙って舌を這わせる。肉棒はほんの少しだけ伸びをしたが、そのまま膨張する気配はない。

「やっぱり駄目かもしれないねぇ」

俊雄の弱気な声でいっそう熱心に舌を使うが、反応は芳しくなかった。

こうなったらクンニと指でイッてもらうしかないかもしれない——そんなことが頭にちらついた。そのとき、ふと面白い考えが浮かんだ。

「カナちゃん、オナニーしてるって言ったけど、ここでやって見せてくれないか。そうしたら昂奮して勃起すると思う」

「そんなこと、恥ずかしくてできない。絶対イヤッ」

「そう言わないで、頼むから見せてくれよ。お願いだ。頼むよ、見せてくれ」

やさしく髪を撫でながら呪文のように何度も頼み込むと、頑なに首を振っていた香奈美も、しだい思案顔を見せるようになった。

「オナニーなら確実にイクんだろ？　どんなふうに気持ちよくなるのか見せてもらえば昂奮すること間違いなしだよ。きっと元気になる」

「ホントに？」

「本当だとも。大丈夫だから、さあやってみて」

安請け合いをしたが、もし勃たなくてもそのときは指と舌でイカせればいいと思っていた。入れ替わって香奈美をベッドに座らせ、手を股間に導いた。俊雄も太腿を撫でて、指ピストンの昂ぶりが退かないうちに呼び戻してやる。

香奈美はワンピースの上から秘丘を愛撫しはじめた。恥ずかしそうに顔を背けて、ぼんやり壁を見つめている。指先は秘丘から下へじわりじわりと沈んでいく。すると、急に電流が走ったように体がひくついて、肉の芽に触れたのがわかった。

「いいね。ぞくぞくする。その調子で続けて」

俊雄は撫でていた太腿から手を引きながら膝を広げさせた。本当にオナニーを見られると思うと鼻息が荒くなる。

香奈美の手がワンピースの裾を潜って中に消えた。そっと裾をめくると、露出したクリトリスをいじり回していた。敏感な芽を中心にゆっくり円を描き、溝の蜜を掬ってはまた周回を重ねる。

相変わらず顔は背けたままだが、指の動きがだんだん速くなるにつれて、はっきり陶酔の色が浮かんできた。目が虚ろになり、焦点が定まらない。

裾を腰の上まで捲り上げると、腰を浮かしてされるままになった。下半身だけが完全に露出して、卑猥な姿で自ら指を使う。俊雄は撮影することを思いついてデジカメを取り出した。

香奈美はそれをぼんやりした目で追っていたが、レンズを向けたとたんに表情が甘く歪んだ。

「やだ、これも撮るの……恥ずかしい……」

せつなげな瞳でカメラを見るが、艶光りする肉びらを晒したまま指を使い続けている。秘裂を力強く割って、クリトリスもろとも激しい縦擦りで揉みしだいた。そうかと思うと、クリトリスだけを執拗《しつよう》に擦ったりもする。

「いやらしい指だな。こんなふうに一人で擦りまくってるんだね」

「……擦るの、好きなの」

「指は挿れないの？」

「ううん、指も挿れるの……」

言い終わらないうちに、人差し指と中指が揃って蜜穴に滑り込み、穴の縁から蜜が盛り上がって溢れた。出し入れとともに、くちょ、にちゃという濡れ音がして、香奈美自身がその音に惑乱する。身をくねらせて後ろに倒れ込むと、いっそう大きな指使いになった。

「グチョグチョに濡れてる……。カナちゃんがこんないやらしいことしてるって、わたしだけが知ってるんだ。それがたまんないね」

肉体関係を結んだ上に、自慰行為を見せてもらうことでさらに特別な関係になれたように感じた。だが、意外なことが香奈美の口から洩れた。

「知ってるの、シノさんだけじゃない……由貴さんも知ってるの……あの人にも言っちゃった……」

「どうして彼女に？」

「由貴さん、いやらしい話が好きだから……」

香奈美はベッドに脚まで載せて、〝く〟の字に体を折って背を向けた。恥ずかしそうに顔を伏せたものの、裸の下半身を晒して指を使い続けている。

さっき由貴のことで口をつぐんだのもいまの話と関係しているかもしれない。さらに追及すると、熱に浮かされたようにあえぎながら告白した。

「自分ですると必ずイクって言ったら、どんなふうにするのか訊かれて……」

「教えたんだ？」

香奈美は頷いて、彼女にどう教えたかを具体的にしゃべりだした。相槌《あいづち》を打ちながら秘部に目をやると、指が説明と同じ動きをしている。由貴に話したのを思い出して、自然にそうなるのだろう。

「由貴さんの目がいやらしくなって……わたしはこうするって言って、目の前で指を動かして見せるから、だんだん変な気持ちになっちゃった」

直接香奈美に触れたりはしなかったが、いまにも触ってきそうな雰囲気で、だから女も好きなんだと感じたらしい。

「さっきは食事しながら、それを思い出してたんだね」

あれだけ濡らしていたのは、下着を着けていないことに加えて、それも大いに影響していたのだろう。

話を聞き出しながら二人の様子を思い浮かべると、俊雄の股間に変化の兆しがあった。ペニスに少し張りを感じて、触るとぽってりしていた。軽く握り込んでみると、じわっと甘い疼きが広がる。

——これは行けるかもしれん。

ズボンとブリーフを脱いで、香奈美の顔の前でしゃがみ込んだ。すぐに彼女の手が伸びて硬さを確かめる。まだ芯も通っていないが、やんわり握られると期待は膨らんだ。

香奈美はおもむろに口を開いて肉棒を頰張った。それを真上からしっかり撮っている。ビデオを由貴に見せると言ったらどうだろう。教えてやりたい衝動に駆られるが、それはまだ早い。

だが、由貴にはこれを見せるのだから、いまから愉しみだ。彼女がビデオに撮ってほしいと言ったときの妖しい表情が思い出される。一緒に見ながら肌を重ねるだけでなく、一人で鑑賞して女同士の交歓を思い描くに違いない。

口の中までは撮れないが、香奈美の舌は亀頭にからんでさかんに蠢いている。ゆっくりだがペニスに力が漲りはじめ、それを感じて彼女は一所懸命なのだ。肉壺に収まった指も出入りを続けているようで、手首が動いている。そちらにもときどきレンズを向けてやる。

やがて芯が硬くなると、香奈美は口から出して満足そうに眺めた。

「元気になってきた……」

「いやらしいオナニーショーのおかげだよ。この歳で二回もできるなんて、思いもしなかった」

「もうちょっとね」

再び咥えると、奥まで呑み込んで大きくスライドさせる。表面のざらつきが心地よく擦れて、ぴくりと竿が撓った。わずかに腰を揺らすだけで、確実に快感がアップする。

「ああ、いい気持ちだ……どんどんよくなる」

香奈美はますます気合いが入り、深いストロークとともに小刻みに舐め擦る。みるみる上達していくさまに、俊雄は感動すら覚えていた。

「すごい……こんなになった」

すっかり勃起したペニスを吐き出して、香奈美は満足そうに笑みを浮かべる。その目はどこか自慢げでもあった。

「カナちゃんが上になってみないか」

ひとつになる頃合いと見て、俊雄は騎乗位を勧めて横になった。香奈美はワンピースを脱ごうとしたが、やめて裾を腰の上でまとめた。

「こういうの、したことないから……」

口ぶりは不安そうだが、興味津々の顔つきで跨ってくる。想像ではいくらでもやっただろうし、バイブを使って真似したかもしれない。

「自分で持って入れてごらん」

ペニスを起こして秘裂の窪みにあてがい、慎重に腰を沈める。ぬめりと緊縮を感じながら亀頭が呑み込まれていく。

「あっ……あああっ……」

しっかり根元まで収めると、香奈美は安堵とも歓喜ともつかない甘やかな声を上げた。軟らかな膣壁が蠢動して、さざ波のように心地よい波動を送ってくる。

俊雄は腰を突き上げたい衝動を堪えた。

「好きなように動いてごらん。カナちゃんが気持ちいいと感じるように、いろいろやってみるといい」

由貴のように巧みに腰を使えるようになれたらいいと思った。香奈美は何回か上下に動いてから、いちばん深いところで止まってゆらゆら腰を揺すった。続いて少し浮かせ気味にして揺らす。

「気持ちいいようにって言われても……」

「どうやればいいか、わかんない？」

「そうじゃなくて、どうやっても気持ちいいんです」

はにかむ顔がさらに歪んで、快楽を正直に伝える。

「やっぱりエッチな体なんだな」

否定もしないで腰は動き続ける。激しくはないものの、俊雄が思っていたよりも動きは多彩だ。

いろいろ試みた末、深い位置で少し前屈みになり、恥骨を擦るように前後に動く時間が長くなった。ときどき上下動も見せるが、すぐに戻って腰を振る。

「それがいちばん気持ちいいんだね」

「そう……これがいい。ああ、いい気持ち……ああっ……」

ペニスの摩擦感は乏しいが、香奈美はクリトリスが擦れていいのだろう。白い喉を晒してあえぎながら、腰使いがだんだん速く、しかもスムーズになっていく。

俊雄は急激に高まることはなく、緩やかに坂を上っていた。香奈美がワンピースの裾を取って手をしのばせると、たわわな果実を揉みしだいた。香奈美が前に屈んでいるので、ちょうど摑みやすいところにある。

硬く尖った乳首を強く揉み転がすと、膣がきゅっと収縮した。乳首は強めが好みだというから、これでは痛くないかと思うくらいでちょうどいい。

「いいよ、そのままイッてくれ。カナちゃんの好きなときにイッていいんだよ」

香奈美のあえぎ声が一段と高まって、動きがますます激しくなった。彼女が先に頂上に達しても、その次にもっと大きなアクメに登頂させてやろう——中折れの懸念はとうに消え去った。俊雄は高まる快楽の波に身を委ね、悠然と彼女の腰振りを眺めていた。

3

「306だったな」

聞いていた番号を押すと、由貴が応答してロックを解除してくれた。エレベーターで三階に上がると、306号に近づいたところで先にドアが開いて、由貴が招《しょう》じ入れてくれた。

「いらっしゃい。あんな説明で迷わなかった？」

「大丈夫。途中まで仕事で通ったことがある道だったからね」

由貴のマンションを訪ねるのは初めてだが、ある程度の土地勘があるので迷わず時間通りに着けた。香奈美との情交を撮ったデジカメを返しに来たのだが、もちろん一緒に見ながら愉しもうというわけだ。

香奈美にはとりあえずホテルで再生して見せたが、パソコンにつないで大きなモニターで早く見てみたい。由貴がディスクに焼いてくれる約束なので、香奈美にもあらためて見せるつもりだ。

「お茶でも入れるから、ちょっと待っててね」

リビングに通された俊雄は、ソファに腰を下ろす前にぐるりと部屋を見て回った。大画面のテレビにセパレートのオーディオセット、キャビネットなど、調度品はどれも高価なもののようだ。夫は米国資本の会社に勤務と聞いているが、年収がいったいどれくらいなのか気になった。

キャビネットの棚に郵便物とパンフレットの類が載っていて、何気なく目をやった俊雄は妙なことに気がついた。

「室井《むろい》？　なんだ、室井って……」

DMの宛名が『室井由貴』となっている。彼女の旧姓かと思ったが、このマンション宛だから、旧姓で届くのはおかしい。悪いとは思ったが気になって他も見てみると、夫宛らしいものも室井姓だった。

「これ、どういうこと？」

お茶を持ってきた由貴に尋ねると、

「それ、わたしの本名。小山内は旧姓なの」

あっさり答えたが、どうしていまだに旧姓を名乗っているのかを問うと、ちょっと待ってと言って、お茶を置いて出ていった。

戻ってきた由貴は、大きな茶封筒を手にしていた。

「あとで話すつもりだったけど、先に教えておくから、そこに座って」

何やら妙な雰囲気だと身構える気分になる。由貴は封筒から書類と写真を出して俊雄の前に置いた。書類は綴《と》じたものが何冊かあり、写真もかなりの数があった。目に入った写真はどれも男女二人のものだが、一見して隠し撮りとわかるものだった。

「こ、これは……」

手に取って見ると、女は妻の紀子だ。背筋を冷たいものが走り、鼓動が一気に速まった。

「男はわたしの夫。あなたの奥さんと浮気してたの。その調査報告書」

「なんだって!? まさかそんな……」

にわかに信じがたいことだが、目の前に証拠が揃っているのだから疑いようもなかった。写真は並んで歩くものから、一緒に食事しているところやホテルに入る瞬間を撮ったものなど、どれも浮気を裏付けている。

報告書をパラパラめくってみると、日付と時刻を記した詳細な行動記録があって、太枠で囲った部分が浮気の事実を示している。由貴はホテルに入るところ、出てくるところを隠し撮りしたビデオも見せてくれた。

「知らなかった。あいつ、こんなことをしてたのか……」

「夫にこれを突きつけてやったから、もう終わってるわ」

どうやら五年くらい関係が続いていたらしいが、俊雄にはまったく寝耳に水で、そんな疑いを抱いたことなど一度もなかった。

だが、驚きはしたものの、すっと腑に落ちるところもあった。再婚から二、三年すると目に見えてセックスの回数が減ったが、紀子はこれといって不満を口にしなかった。むしろ、仕事が忙しいことを気遣い、労《ねぎら》ってくれさえした。

――あれは浮気で性欲を発散していたからだ。

いまさら気づいても遅いが、嫉妬や怒りの感情は不思議なくらい湧いてこないのだった。香奈美や由貴という相手がいるせいかと思ったが、そればかりではなさそうな気もした。

「びっくりはしたけど、どうも変だな」

感情的にならないことを正直に言うと、何となくそんな気はしていたと由貴も納得した。

「すでに気持ちが離れているということかな」

「そうかもね。わたしも完全に離れちゃってる」

それでも離婚は絶対にしない、ずっと縛り続けてやるのだと物騒なことを言った。夫の素行調査はいまも継続しており、薄々それに気づくように仕向けているらしい。

「けっこう執念深いんだな」

「そうかしら。夫が高収入だから離婚はしないけど、また浮気されたら癪《しやく》に障るからっていうだけよ」

「それで自分は、好きなだけ浮気するわけだ」

「夫に対して気持ちが離れてるんだから、浮気とは言えないわ」

二人は顔を見合わせて笑った。俊雄もこのことで離婚を考える気にはならないだろうと思った。いまさら波風を立てるのは億劫だ、という気持ちもあった。

由貴はリサイクルショップで働くようになった経緯も話してくれた。夫の浮気相手がどんな女か見てみたくて、店に何度か行ったことがあるらしい。今年の春、アルバイト募集の張り紙を見て気紛れで話をしたところ、ぜひお願いしたいと言われたが、室井の苗字はまずいので旧姓を言ったらそれで通ってしまったのだという。

「身分証明書を求められたら適当なこと言って辞退するつもりだったけど、所詮《しょせん》はアルバイトだからなのか、そのへんはいい加減だったわ。振込口座も旧姓名義のがあるから問題なかったし」

「でも、浮気相手の店で働いて、どうするつもりだったんだ」

「あなたが目当てだったと言ったらどうする？」

「まさかそんな……」

香奈美の告白には驚かされたが、由貴が最初から自分を狙っていたというのはどうも考えにくい。

「冗談よ。そういうことにしておきましょう」

そう言われると、本当のことであってほしい気もしてくる。勝手なものだと苦笑いするしかなかった。

「こんなものも録《と》れてるのよ。ちょっと聴いてみて」

隠し撮りのビデオをダビングしたディスクに、盗聴した音声もコピーしてあるというので聴いてみた。由貴が調査員に言われて、夫のバッグに超小型マイクを仕掛けたものだという。

由貴がリモコンを操作すると、真っ黒なテレビ画面に音声だけが聞こえてきた。早送りを繰り替えすたびに女のあえぎ声とベッドが揺れる音がして、何度目かに話し声に変わった。

『……なに言ってるの。そんなわけないでしょ』

『じゃあ、旦那とはまだ一回もしてないんだ』

『嫌いだからって断ってるわよ』

まさしく紀子の声だった。しかし、媚びるような甘ったるい声は、俊雄が聞いたことのないものだ。

『つまり、こっちは俺専用ってわけだ』

『ああん、くすぐったい』

何の話かと思って耳をそばだてると、どうやらアナルセックスのことらしい。紀子が嫌がるので無理強いはしなかったが、浮気相手とはけっこうやっていたようだ。夫婦にとって性の相性は大事だと香奈美に諭したことを思い出して、喉の奥に苦いものを感じた。

だが、それでもやはり感情が波立つことはなかった。由貴の夫とどんなセックスをしていたのかは気になるが、それは他人のセックスに関心を持つのと感覚が似ていた。

「どう？　少しは悔しい気持ちになった？」

由貴が肩に縋《すが》りついて囁いた。挑発的にバストを押しつけている。

「そうでもないんだよな。どうも夫婦としては終わってるような気がする」

「やっぱり。うちと一緒ね」

頬にくちびるをおしつけて、由貴の手が胸元へ滑り下りる。右の乳首をさがしあて、すりすりと撫でさすった。

――じゃあ、カナちゃんと立石はどうなんだ。あそこなんて結婚したときからすでに終わっているのではないか。

それでもそれぞれの夫婦が、このまま離婚もせずに続いていくのだと思った。そして、自分の密かな愉しみがそこに潜んでいることを考えると、言い知れぬ昂ぶりを覚えるのだった。

第六章　見られながら……

1

「久しぶりだから、やり方を忘れてるかもしれないな」

「なにを言ってるんですか。駄目って言っても勝手に手が動くくせに」

「駄目って言われても、か……」

妻のぎっくり腰が回復して久しぶりにベッドで睦言《むつごと》を交わしながら、俊雄は妙な気分を味わっていた。浮気の事実を知って妻に対する気持ちは冷めたのに、肉欲はどちらかと言えば以前より強くなっている。

今夜も誘いをかけたのは彼の方で、紀子は養生が続いたにもかかわらず、とりたてて欲しているふうでもなかった。それでも誘いに応じて、こうしてベッドで肌を触れ合わせるうちに、前と少しも変わらない雰囲気になった。

俊雄の脳裡には、妻が由貴の夫とどんなセックスをしていたのかがまだこびりついていた。嫉妬心はなくても興味はあるのだ。

「腰はもう気にしなくていいのか」

「もちろん激しく動くのは避けた方がいいけど、どっちみち激しいのは無理でしょうから、あまり関係ないわね」

「言ってくれるじゃないか」

くちびるを重ねると、ごく自然にそれぞれの舌が伸びてねっとりからまった。舌をどう使うかを考えなくても、呼吸が合って互いの動きが巧く嚙み合う。慣れたディープキスに昂ぶりはないが、安らいだ気分にひたることはできる。

妻とのセックスは、決められたコースを進みながら、安楽と倦怠のバランスを無意識に取っていたのだと、いまになってようやくわかった。

パジャマの上から乳房を揉むと、温かな吐息を洩らして紀子も乳首に手を伸ばしてきた。やわやわ乳房を揉みあやし、乳首を擦るうちに、紀子の舌は動きが鈍くなった。それでも俊雄の乳首をすりすりしている。

「休んでる間に、自分でした？」

「バカなこと言わないで。痛くてそれどころじゃなかったんだから」

「だから、回復してきてからの話だよ」

「してないわよ。そんなに欲求は強くないもの」

「じゃあ、自他ともに久しぶりってわけだ」

「なに言って……ああんっ……」

パジャマの前を開いて生の乳房をこね、乳首に吸いついた。子供を産まなかったせいか、年齢の割に乳首は色素の沈着が浅い。淡い褐色の実を舐め転がしていると、写真とビデオで見た由貴の夫の顔が浮かんだ。あの男もこれを舐めたのだという思いがちらつく。

「ああっ……」

歯を立てたとたん、紀子は声を上げて体をくねらせた。つい強めに噛んでしまったのは香奈美のときの癖だ。

「ごめん。強かったね」

すかさずやさしく舐めてやり、なだめるように脇腹から下腹部をさする。秘丘の周囲をうろついてから、おもむろに性毛を掻き分けた。湿気と温もりを感じて谷間に下りると、しっとりした肉の亀裂に触れた。

押し割ると、じわっと蜜が滲んだ。耳元に息を吹きかけて、

「濡れてるじゃないか……」

昂ぶりを指摘するように言うが、一緒になった頃よりも明らかに量が少ない。年齢による自然な変化だとこれまで思っていたが、

――あの男のときはどうだったんだ……。

という思いを捨てきれない。だが、案外たっぷり濡れたかもしれないと想像しても平静でいられるのだから、やはり嫉妬の感情は極めて薄いようだ。

秘裂をぬらっとこね回すと、紀子はペニスを握ってきた。硬さを測るためであって、互いに刺激しようというのではないから、しばらくは握ったままでいる。

紀子は肉芽をこねているうちに潤いが増してきた。頃合いを見て指を抜き挿しすると、とりあえず挿入可能な状態にはなった。

だが、俊雄はもう少し時間がかかりそうだった。引き抜いて秘苑の周りに蜜を塗り広げ、さらにはアヌスへも指を滑らせる。

「あっ、なに……」

紀子は短い言葉を発して腰をくねらせた。たまたま触れたのではなく、すぼま

りに蜜を塗り込めたからだ。

「なによ、そこはやめて」

「ぬるぬるして気持ちいいだろう」

「いいわけない。そこは嫌だって言ったでしょ」

いままであっさり引き下がっていたので気づかなかったが、言うほどには嫌悪感が感じられない。もっと執拗にやってみたらどうなるかと思い、なおも揉みほぐしてみた。

「どうしたのよ。やめてったら……」

腰を捩って逃げようとするのを、両脚で太腿を挟んで制する。

「ちょっとだけ我慢してみなよ。気持ちよくなるはずだから」

「なるわけないでしょ。そんなとこ、汚いからやめて」

「風呂入ったんだから綺麗だろ」

「綺麗でも駄目なの……ああ、いやぁ……」

声に微かな甘い響きが入った。とたんに紀子はいやいやをして、抵抗が激しくなった。気持ちよくなりかけたので慌てたみたいだった。

「冗談はやめて。どうしたの……変よ、あなた」

「変なのはお前の方じゃないのか。嫌だって言ってる割には、なんだか気持ちよさそうだぞ」

「そんなわけな……ああん、だめよ……」

揉みほぐすうちに指が肛門に沈みかかり、紀子の慌てた声はいっそう甘く響いた。久しぶりでより感じやすくなっているのかもしれないが、おかげで俊雄はアナルの欲求がにわかに高まってきた。もう挿入は無理だろうと思っていたのに、欲望がそれをあっさり上回ってしまう。このところ力強い勃起を何度か経験しているせいもあった。

「ほらほら、その声。少しも駄目に聞こえないじゃないか。本当は気持ちいいんだろう。正直に言えばいいのに」

「ああん、違うわよそんな……ああっ……」

第一関節までアヌスに挟まれたところで指を振動させると、紀子の声はますます蕩けていく。体重をかけて押さえ込んでいるので、紀子が片脚をばたつかせるくらいなら影響ないが、それすらもしだいに弱まっていった。

俊雄は勢いづいて小刻みなバイブレーションを激しくした。何度もペニスを受け入れたに違いないから、指一本くらいどうということはないはずだ。

「ホントにだめなの……やめて……あうっ……」

「どうしていままで嫌がってたんだ。こんなに気持ちよさそうなのに」

「嘘よ、そんなわけないでしょ……ああ、いやぁ……」

口では抵抗するものの、アヌスは正直に心地よさを告げている。断続的に締めつけはするが、挿入を拒むものではない。ふと気を抜いたように緩んだりもして、肉そのものはかなりほぐれているのがわかる。

第二関節まで入れて指先で内部をゆるゆる擦ると、紀子は腰を妖しくくねらせ、急に無口になった。見ると観念したように虚ろな視線を宙に彷徨わせている。

たとえ抵抗が続いたとしても、アナルセックスの事実を知っているから無視しただろうが、そもそも妻の気持ちを尊重する気はすでに薄れ、肉欲が前面に出ている状態だ。

俊雄はさらに深く入れて抜き挿しする。これが妻の初めて触れる部分だと思うと、欲望が力強くペニスを膨張させる。まだ八分勃ちくらいだが、亀頭が目一杯張りきってしまうとアヌスにはかえって挿れにくいから、これくらいがちょうどいい。

紀子は顔を背けて息をあえがせていたが、受け容れ態勢が整う頃合いを見て俯せにさせると、不安げに呟いた。

「なにをするの……」

「なにって、セックスに決まってるじゃないか。アナルでするんだよ」

「本当にする気？　いやよそんな……ああ、だめ……」

もう嫌がる言葉も力がない。形だけでも最後まで拒んでおこうということだろう。俊雄はペニスを摑んで背後から重なった。アヌスに亀頭をあてがい、指でじわじわ押し込んでいく。

「ああん、やめて……」

気のない拒絶も無視して埋め込むと、亀頭が肛門を潜り抜けて楽になった。由貴の夫とまだ続いていたら、もっと激しく拒んだだろうか――そんなことが頭をよぎった。

さらに押し込むと、締められた肉棒が硬さを増した。根元まで力が漲って、しっかり結合した充実感が湧いてくる。

「入った……！」

初めての妻のアヌスを味わい、安堵と昂奮が一緒くたになって胸を満たす。だが、どういうわけか俊雄は浮気をしている気分になった。〝気持ちが離れてるか

ら浮気とは言えない〟と由貴が言っていたのを思い出すと、

——そうか。こっちが浮気なのか。

妙に納得しながら、ゆっくりと腰を突き動かした。

2

アルファHDとの合併交渉は具体的な詰めがかなり進み、公式に発表する日をいつにするかが話し合われている。

営業部門ではやはり配置転換が多くなりそうだった。とりわけ北関東の営業力を増強することで両社の考えが一致していて、そちらに優秀な人材を差し向けることになった。

俊雄はその候補から立石を外したかったが、成績や日頃の仕事ぶりから見ても加えざるをえない情況になった。おそらくかなりの確率でそのまま決定してしまうだろう。そうなると香奈美と会うのに苦労するのは必至だ。

彼女は立石からそのことを聞いて、俊雄にもっと会いたいと言ってきたが、いまでもそう簡単に会えるわけではないので、先のことを考えると少し憂鬱《ゆううつ》になってしまう。

そんなとき、紀子が立石夫婦と食事をしようと提案した。これからはたまにしか会えなくなるのだから、ぜひとも会っておきたいというのだ。

「四人で食事するのはこれが最後かもしれない。だって、次は五人になってる可能性が高いでしょ」

そのうちに赤ん坊が生まれて香奈美は子育てに追われることになるのか、という当たり前のことを俊雄は初めて思った。そうすると密会できるチャンスは、数えるほどしか残っていないのかもしれない——。

提案にはもちろん立石たちも大賛成だった。仲人と新婚、二組の夫婦は、香奈美の希望で〝海の見えるレストラン〟に行き、港の夜景を眺めながら地中海料理に舌鼓を打った。

紀子は二人に赤ちゃんはまだかと急かし、立石は可能性がある転属先の土地柄について話し、香奈美はさらに腕を上げた料理の蘊蓄《うんちく》、そして俊雄は青年時代に行ったスペインとポルトガルの話など、ころころと変わる話題が料理をさらに美味なものにした。

立石はこのところ気力が充実していて、それが場を盛り上げる要因にもなった。

夫婦生活の懸念について、あれから直接彼とは話してないが、香奈美の口から、立石とのときも前より濡れるようになったと聞いているから、どうやら解消したようだ。

俊雄は賑やかに飛び交う話とは別に、ときどき香奈美と目と目で会話した。テーブルの下で靴を脱ぎ、爪先で香奈美の足をそっと撫でると、彼女もサンダルを脱いで足の指で触れてきた。

それぞれの妻や夫に対する秘密をそうやって確認すると、胸が妖しくざわめいた。他の客や店のスタッフには隠せないので、気づいた者がいるに違いない。

こんな場所であからさまなことをして、香奈美も密かに昂ぶっている。それが瞳に表れて、艶やかな輝きを帯びてきた。

晩餐《ばんさん》が終わって外に出ると、香奈美が宙を指差して振り向いた。

「あれに乗りたい。前から一度乗ってみたいと思ってたの」

華やかなライトで花火のように彩られた、ベイサイドの娯楽施設の大観覧車だった。

「なにを言いだすかと思えば……」

立石が呆れた声で言った。彼の高所恐怖症は会社では有名で、香奈美だって知らないはずはない。俊雄も訝しく思った。

「ぼくはいいから、三人で乗ってきたらどう？」

「わたしも遠慮しとくわ。あなた、一緒に乗ってあげたら？」

紀子は高いところが苦手ではないが、観覧車とかメリーゴーラウンドの類はまったく興味がない。ただ乗って回ってるだけなんてバカみたいだというのだ。

「じゃあ、付き合うとしようか」

「わあ、いいんですか。ありがとうございます」

仕方なさそうに言うと、香奈美は破顔して子供のように歓んだ。

「そのへんで待ってるから、愉しんでおいで。部長、面倒かけてすみません」

立石と紀子を残して観覧車に向かう。はからずも二人きりになれることで俊雄は色めき立った。

「そう言われたら、愉しんでくるしかないよな」

今日はこういうチャンスはないと思っていたから、よけいにうれしい。夜でゴンドラの中は見えにくいだろうから、キスやペッティングくらいはできるだろう。

そう思ってにやにやすると、香奈美はいたずらっぽく笑って舌を出した。

「もしかして、あの二人は乗らないって最初からわかってて言った？」

「はい。もちろんです」

計算ずくの彼女には感心するしかなかった。立石と紀子を下に残した空中デートをもくろみ、見事に成功したわけだ。

観覧車に乗るのは若いカップルがほとんどで、女の子同士がちらほらといったところ。二人は仲の良い父と娘に見えるかもしれない。

ゴンドラに乗り込むと、初デートの少年みたいに胸がドキドキしてきた。だが、思っていたほど暗くはなく、他のゴンドラの内部がよく見える。

両隣を見ると、前に乗ったのが若いサラリーマンとＯＬ、後の方が学生ふうで、どちらもカップルだった。

「意外に隣がよく見えるんだね」

「見えたらマズイですか」

「そりゃ、見えない方がいいだろう。せっかく二人きりになれたんだから」

「気にしなくていいんじゃないですか、知ってる人にさえ見えなければ」

大胆なことを言うようになったと思い、紀子たちを見るとかなり離れたところに立っていた。あれならすぐに見えなくなってしまう。

乗って一分もしないうちに、学生カップルがイチャイチャしはじめた。並んで座ってしっかり腕をからめ、顔を近づけて話していると思ったらキスをした。

「あんなことしてる……」

香奈美は羨ましげに言い、反対側にも目をやった。そちらもぴったり寄り添って、何やらいい雰囲気だ。それから地上の立石たちをさがしたが、もう見えないとわかると俊雄の横に移動してきた。

「十五分でひと周りするらしいですよ」

「乗ってる時間は思ったより短いのか」

それを合図のように、二人のくちびるが重なった。互いに舌を差し出して、吸ったりからめたり弾いたり、わずかな時間を目一杯愉しもうと思うから忙しない。だが、それが気持ちをいっそう昂ぶらせる。

バストを揉みながら外に目をやると、学生たちのゴンドラはかなり低くなっていて、女のシャツがはだけ、男が乳房に吸いついているのが見えた。大胆な若者たちに煽られるかたちで、俊雄も揉みながら乳首の位置をさぐる。

反対側は見上げる位置なのでわかりにくいが、向こうからこちらは丸見えだろう。だが、もうすぐそれぞれが上下になり、完全に死角に入れば何の遠慮も要らなくなる。俊雄はシャツの上から揉むのももどかしく、ボタンをひとつ外し、ふたつ外した。

「フロントホックなのか……。準備がいいんだね」

「そういうつもりじゃないけど、でもよかった」

本当かどうかは怪しいところだが、都合よくブラを外して乳房を揉みしだく。

乳首を強く捻ると、香奈美はのけ反って声を上げた。

「ああんっ、いっ……いっ……」

吸いついて歯を立てると、あえぎ声が大きく響いた。気にして外を見たが、すでに上も下もほとんど見えなくなっていた。二分くらいはこの状態が続くだろう。

ここぞとばかりスカートに手を入れると、ストッキングの感触が途中でなくなり、太腿とショーツが直に触れた。

「これも、そういうつもりじゃなかった？」

「これは……もしかしたらって……」

太腿の合わせ目をさぐると、香奈美は恥ずかしそうに腰を浮かした。薄い布を横にずらして湿り具合を確かめる。

「ホントに濡れやすいね。もう、こんなになってるのか」

「だって、さっきから待ち遠しくて……」

「それにしたって、グチョグチョだよ。ほら、簡単に入っちゃう」

「あんっ！」

蜜穴をちょっと突いただけで、にゅるりと指が呑み込まれた。中は熱く蕩けていて、抜き挿しをすると悦んでいるみたいにひくひく蠢動した。

俊雄は深々と攪拌《かくはん》して、さらにGスポットを攻めたてた。香奈美はのけ反って悶え、絶え間なくあえぎ続けている。このままイクまで攻めようと思い、ショーツを引き下ろすと、香奈美はもどかしげに片方だけ脱いで脚に引っかけたままにした。

シートの前にしゃがみ込み、目の前で大股開きにさせる。夜空に浮かんだゴンドラの中で、誰の目を気にすることもないから、どこまでも大胆になれる。

太腿の間に顔を埋め、剝けている肉の芽を舌で転がした。濃厚な匂いと舌を刺す酸味に咽《む》せそうだが、鼻にかかって甘く響くよがり声がBGMとなって、淫靡な雰囲気をさらに盛り上げる。

得意の舌戯に指を加え、内と外を同時に攻め嬲った。香奈美は腰をくねらせ、切れ切れに甲高い声を上げはじめた。

腰を上げて外を見ると、下のゴンドラの内部が見えつつあった。こちらと逆で、男がシートに座って股間に女の顔が埋まっている。

「見てごらん。向こうはあんなことしてる」

「ほんとだ、いやらしい……」

「人のことは言えないよ。こっちだって、きっと上から見られてる」

「いやぁん……」

香奈美は上に目をやって顔を歪めた。本当に見られてるかもしれないと思い、俊雄も胸がぞくぞくした。

クンニと指ピストンを激しくすると、香奈美は声を殺して腰をがくがく震わせる。アクメが近いとわかって一気にスパートをかけた。

「ああ、いやぁ……こっち見てる。ああぁんっ……いやぁ……あんっ！」

ぐらりとゴンドラを揺らして香奈美はイッた。艶光りする秘苑から口を離すと、女の肉がぷんと匂った。不意に立石と紀子の顔が浮かび、俊雄は口を拭《ぬぐ》った。

上を見るとカップルの顔が並んでこちらを向いていた。胸から上しか見えないが、どうやらスプーンを重ねた体勢で、香奈美のアクメの瞬間をしっかり目撃したらしい。

下の方は相変わらずフェラチオの真っ最中だが、さらにその向こうでも同じことをしているようだった。

——若いやつはみんな、こんなことをしてるのか。

観覧車の実態をもっと早く知っていたら、自分も大いに愉しめたに違いないと思う。シートに腰かけると、入れ替わりにまだ荒い息の香奈美がしゃがみ込んで、ジッパーを下げる。

「してくれるんだね。見られてもかまわない？」

こくんと頷いてペニスを引っぱり出し、抱きつくように顔を埋めてきた。亀頭が心地よい温もりに包まれて、甘い疼きが下腹に広がる。半ば芯が通っているので、香奈美の舌で射精できるかもしれない。

ゆっくり頭が動きはじめ、ざらつい舌が肉棒を心地よく摩擦する。動きが大きくなるにつれて、ペニスは確実に硬さを増していった。

ゴンドラは間もなく頂点にさしかかるところで、最高の景観が開けた。宝石を鏤《ちりば》めたような港の夜景を眺望しながら、下にそれぞれの連れ合いを待たせて若妻の口淫に酔いしれる。この愉悦感を表現できる言葉は見つかりそうになかった。

「やっぱり見られてるよ。両方から見られてる」

「んむぅ……んんっ……」

香奈美に教えてやると、くぐもった声を洩らしてストロークが速まった。羞恥と快感は結びつきやすいものだが、これほど顕著な女に出会ったのは初めてだ。屋外を連れて回れたらよかったと思うが、そういう機会がいつか訪れるかもしれない。

俊雄はだんだんと射精欲が込み上げてくるのを感じた。この分だと、再びゴンドラが上下に並ぶ頃に発射の瞬間がやって来そうだ。それならいっそのこと仁王立ちになって、地上の紀子と立石を見下ろしながら果てるのも一興かと思った。

肉棒がぐっと力強く反り返って、またさらに射精欲が高まった。

「このまま出していい？」

香奈美は首を振ってペニスを吐き出し、向かいのシートに腹這いになって尻を突き出した。撚れて口を開いた淫裂が、誘うように蜜を滴らせている。

「お願い、来て……」

「ここでするのか⁉」

観覧車内で挿入までは考えていなかったが、ゴンドラは再び上下に並ぼうとしている。絶好のチャンスが目の前に転がっているのだ。

俊雄は迷うことなくしゃがみ込み、ズボンとブリーフをまとめて脱ぎ下ろす。

学生カップルからはまだ見えているはずだが、覚えたての少年のように気が急いていた。何しろ二分あるかないかの短時間勝負だ。

準備万端の肉竿を握って亀頭をあてがう。窪みをさぐって押し込むと、入口を滑らかに潜って奥までひと息で埋まった。時間が限られているから、最初からラストスパート状態だ。

「あああぅ……んんっ……んっ……」

「こんなところでハメるなんて、思いもしなかったよ。この宙に浮かんだ、フワフワした感じがたまらん」

不安定な状態で腰を突き動かすことになり、浮遊感が際立った。それは快楽の上昇感と同化しているようでもあった。

ゴンドラが揺れて、港の灯りも揺れている。もしかしたら上のカップルや他にも揺れているのがあるかもしれない。だが、地上にいたのでは、そんなことまではわからないだろう。

ぺたん、ぺたんと音を立てて抽送を速め、波が急激に高まるのを感じて一気に上り詰める。

「イクよ……そろそろイク……」

「はああっ……ああん……わたしも、イッ……クゥ……」

ゆっくり近づいてくる港の夜景を眺めながら、香奈美の中に熱い塊を迸《ほとばし》らせた。

慌ただしい媾合だったが、快感はひとしおで長く余韻を引いている。だんだんと下にいる人たちが大きく見えてきても、抜け出るのが惜しくてまだつながったままでいた。

3

それからしばらくして、秋の気配が漂いはじめた頃、由貴が解雇された。

数日前から紀子が、どうもおかしいとブツブツ言っていたので、何かと尋ねたら、ぎっくり腰で静養している間に、自分の知らない品が店で売られていたらしいという。

「買い取り希望の品は全部わたしがチェックして値段を決めてるから、記憶にないはずはないんだけど」

それは常連の客が、この前まで並んでいたブランドもののバッグは売れたみたいねと、何気なく言ったことから発覚した。

由貴に訊くと、よく憶えていないと曖昧な返事だったが、詳しく調べると他にも同じケースがいろいろあった。主にブランド品のバッグやアクセサリーの類で、わかっただけでも二十点近い品が、紀子の目に触れることなく店で販売されたということだ。

それらをリストにして由貴を問い詰めたところ、ようやく白状した。静養している紀子のところに持ってきた他に、買い取り依頼品を勝手に値段をつけて販売して、その売り上げを着服していたのだ。

「小遣い稼ぎのつもりだったのね。きちんとした人だと思っていたのに、とんだ見込み違いだったわ。見抜けなかった自分が情けなくて、嫌になっちゃう」

由貴が懐に入れた金は十二、三万らしい。そんな人には見えなかったけど、と話を合わせておいたが、俊雄は彼女の事情を知っているから、小遣い稼ぎでやったとは思っていない。

――お金が目当てじゃなくて、ちょっとした腹いせのつもりだろう。

だからすぐバレるようなことをやったのだし、クビになったところで彼女が困ることはない。そもそも紀子の店でずっと働きたいなんて、思ってもいないはずなのだ。

紀子はその場で彼女を解雇したが、未払いの給金を差し止めただけで、それ以上の賠償は求めなかった。もう二度と彼女と関わり合いたくない、というのは人物を見抜けなかったことへの自己嫌悪の表れだろう。

俊雄は彼女が解雇されても、関係は続けられると思っていた。だが、事態は予想もしない方向へ進んでいった。

「あなた、これはいったいどういうこと⁉」

解雇から数日後、帰宅すると紀子がもの凄い剣幕で詰め寄った。手に一枚のビデオディスクを持っている。

「なんだよ、藪から棒に」

「これを見てみなさい。わたしは二度と見たくないから、あなた一人で見て」

再生してみると、ホテルで由貴と撮ったビデオだった。今日、紀子宛に送られてきたらしい。アップではないがちらっと俊雄の顔も写っていて、何より声で彼だとはっきりわかる。

不倫の証拠を自ら暴露するとは、なかなか思いきったことをやるなと関心させられる。目的はやはり紀子に対する腹いせで、苦い思いを味わわせたいということだろう。

だが、それで俊雄が窮地に追い込まれることがないように、由貴は前もって手を打ってくれていた。

――あれはこういう意味だったのか。いずれ紀子にビデオを送りつけるつもりでいたわけだ。

由貴から夫と紀子の浮気について教えられた日、密会を隠し撮りしたビデオと盗聴テープをダビングしたディスクを帰りに渡された。何かのときに役に立つだろうからコピーしておいた、と彼女は言っていたが、〝何かのとき〟とはこういうことだったのだ。

俊雄は念のため、送られてきたディスクを早送りで最後までチェックした。だが、映っていたのは由貴とのハメ撮りだけで、後から届けた香奈美とのシーンは含まれていなかった。

――カナちゃんとの関係は伏せておいてくれたんだ。これからも続けられるように配慮してくれたのか。まあ、会うチャンスは減るけど、隠してくれたのはありがたい。

しかし、由貴とはもうこれっきりになるのだろうか、という不安がよぎった。

それを覚悟でビデオを送りつけたのか。いや、彼女は香奈美と三人で愉しみたいと本気で思っていたのではなかったか。

いまひとつ由貴の意図がわからないまま、彼女から渡されたディスクを引っぱり出して、妻のところに戻った。

「一応、全部見たよ」

「見たよって、よく平然としていられるものね。開き直るつもり!?」

「そういうつもりでもないんだけど、彼女の本当の苗字が小山内じゃないって知ったら、お前の方こそ平静でいられなくなるよ」

「小山内じゃないって、どういうこと?」

不審そうな目を向ける妻に、もう一枚のディスクを差し出した。

「本名は室井だってさ。こっちを見てみれば、いろいろ納得できるはずだよ」

俊雄はディスクを渡すと、ちょっと飲んでくると言って、そのまま着替えずに外に出た。これで本当に終わったなと思う。だが、お互い様ということで、やはり離婚にまで発展することはないような気がした。

——由貴の旦那が帰国してからどうなるか……。

だが、それももう終わっているはずだし、由貴の監視が続いているから再燃することもないだろう。まあ、紀子が別れたいと言い出せば、それでもかまわない。投げやりなのではなく、執着するものが何もないのだった。

老後の愉しみはもう少し先になってから考えればいいことで、それまでは別の愉しみができた。だから、もうしばらくは若い気持ちを保って生きていける。

脳裡に香奈美の顔と、続いて由貴が浮かんできた。いつか三人で戯れる機会に恵まれたら、どういうことになるだろう。

——由貴と一緒にカナちゃんを可愛がってあげるか、あるいは女二人に攻められるのもいいかもしれない。

そんな場面を想像しながら、俊雄の足は夜の盛り場に向いていた。

二見文庫

部下《ぶか》の新妻《にいづま》

著者　深草潤一《ふかくさじゅんいち》

発行所　株式会社 二見書房
東京都千代田区三崎町2-18-11
電話 03(3515)2311 [営業]
03(3515)2313 [編集]
振替 00170-4-2639

印刷　株式会社 堀内印刷所
製本　合資会社 村上製本所

落丁・乱丁本はお取り替えいたします。
定価は、カバーに表示してあります。

ISBN978-4-576-11115-5
http://www.futami.co.jp/

二見文庫の既刊本

嫁にいたずら

FUKAKUSA,Junichi
深草潤一

32歳の里美は、再就職でUターンした夫・祐嗣の実家で暮らしている。夫がいない間は、定年で会社を辞めた義父・哲雄と過ごす時間が多い。ある日、義父にいたずらをされるも、拒めなかった里美。その後も祐嗣の近くで体をまさぐってきたりする。そのうちどんどんエスカレートし……。生への執着を残しつつ嫁に接近する義父を描く書き下ろしエンターテインメント官能。

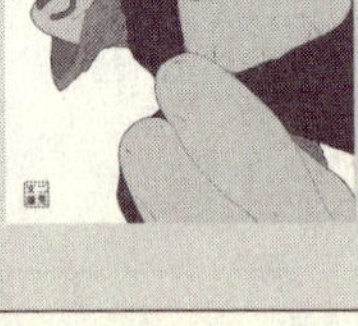

突き当たりの部屋に入った。真っ暗だ。ひとのいる気配はない。

「栄次郎さん」

新八が追って来た。

「向こうはあっけなく片づきました」

「不思議です。この部屋に逃げ込んだと思ったのですが」

新八が行灯に明かりを灯した。

「例の匂い袋。この部屋で見つけたんです。やはり、お蝶さんのものでした。崎田の旦那が、それで栄次郎さんの言葉を信用して『百扇堂』を調べるように命じたそうです」

「そうですか。崎田さまが……」

孫兵衛に感謝したが、栄次郎はすぐ我に返った。

「新八さん。この部屋に抜け穴があるのかもしれません」

そう言い、床の間の掛け軸を外した。はたして、そこにひとがひとり通り抜け出来る穴が空いていた。

栄次郎は中に入った。梯子段だ。新八もついて来る。

やがて、広い部屋に出た。行灯の明かりが灯り、複数のひとの影があった。荒い呼吸が聞こえる。京三郎が発作を起こしたのか。

「栄次郎、来たか」

卓蔵が憎々しげに言った。

「京三郎どのが苦しそうだ。早く、医者に見せるのだ」

栄次郎は憮然としているお染とお露に言った。

「栄次郎さん。あなたは私の婿になられるお方」

「お染さん。それは出来ませぬ。あなたは、京三郎さんの娘ではない。おかみさんなのではありませんか」

「そうです。でも、このひとはもう長くありませぬ。だから、あなたを……」

「おやめなさい」

栄次郎はきっぱりと言った。

「ひとの道に外れた暮しが長続きするはずはない。あなたが京三郎さんの妻女なら、最期まで面倒をみるべきだ」

「ちくしょう」

卓蔵が匕首を構えて突っ込んで来た。栄次郎は身を翻すや卓蔵の腕を摑んでひねった。匕首をぽとりと落とし、卓蔵は悲鳴を上げた。

「おまえさん」

お露が悲鳴を上げた。

「栄次郎さん。三人がこっちの隅で縛られていますぜ」

新八が叫んだ。

「栄次郎。俺たちの負けだ」

京三郎が声を絞り出した。

「『明烏』はそろそろ押し込みをする時期ではなかったのか。次の狙いはどこだったのだ？」

栄次郎はきいた。京三郎は苦しい息の下から声を出したが聞き取れなかった。

「蔵前の札差『大和屋』に忍び込む支度は出来ていたわ」

代わりに、お染が言った。

「やはり、『大和屋』だったのか」

背後にひとの気配がした。奉行所の役人たちが下りて来た。

九月に入った。やがて草は枯れはじめ、紅葉した葉も落ち、もの寂しい晩秋の風景になっていく。

お秋の家に珍しく新八とおゆうが集まった。

「お染さんとお露さんはどうなるんでしょうか」

おゆうが心配そうにきいた。

「崎田さまの話では、遠島になるだろうということです。かしらの京三郎と卓蔵は間違いなく獄門でしょう」

「でも、お染って女は化け物ですぜ。あれで、三十路《みそじ》を越しているそうじゃないですか。どう見たって二十三、四」

新八が信じられないように言う。

「栄次郎さんのことが本気で好きだったみたい」

おゆうがしんみりと言う。

「さあ、どうでしょうか。それにしても、京三郎という男も変わっています。いくら、自分の死期が迫っているからといって、自分の妻を他人に差し出し、あまつさえ、一味の頭目に据えようとしたんですから」

「それだけ見込まれてしまったたんですね」

新八が顔を歪めた。

「ところで、おさんさんとおなみさんはどうですか」

栄次郎は新八に訊ねた。

「ふたりとも、だいぶ元気になってました。驚いたことに、奴らはちゃんと飯を食べさせ、厠にも行かせ、理不尽な真似はしなかったそうじゃありませんか」

新八は不思議そうに言った。

奴らの目的はあくまでも栄次郎であり、栄次郎の気持ちを引き付けるためにもかどわかした女たちの身の安全を保っていたのだ。

「お蝶さんは、どうなのですか」

おゆうがきいた。

「世話になっていた旦那を殺して床下に埋めた咎《とが》ですが、情状酌量が認められ、やはり遠島になるだろうという話です。でも、お蝶さんも婆さんもいつか江戸に戻れるだろうと、崎田さまが仰ってました」

「でも、おゆうさん。かどわかされたときはどうでしたかえ。怖かったでしょう？」

新八が同情するようにきいた。

「いえ、栄次郎さんがきっと助けに来てくれると信じていましたから」

「まさに、そのとおりになりましたね」

「はい」

おゆうはうれしそうに答えた。

お秋が上がって来た。

「今夜、うちで食べていきませんこと?」

「旦那は来るんですかえ」

新八がきいた。

「ええ」

「そいつは弱ったな」

「新八さん。今度ばかしは旦那が英断を下して捕り方を出してくれたから我々も助かったんです。皆で旦那に礼を言うのもいいんじゃないですか」

栄次郎は新八を諭すように言った。

「それもそうですね」

「私もお呼ばれします」

おゆうも弾んだ声で言った。

「おゆうさん、夕餉の時間まで間《ま》があります。ひとつ、唄いませんか」

栄次郎が誘った。

「ええ」

「よし」

栄次郎は三味線を手にした。

「何しましょうか」

「じゃあ、『黒髪』を」

「『黒髪』ですか」

一瞬、お染との暗い因縁を思い出したが、すぐそれを振り払って、栄次郎は撥を構えた。ふと、栄次郎は春蝶の言葉を思い出した。

黒紋付に袴姿で三味線を構えた栄次郎さんの姿は男の色気や艶が滲み出ていると言った。まだ、そんなことはないと思いながら、栄次郎は撥を打ち下ろした。